THE BABY SEEKER

Deborah **Liss**

WeBook Publishing - Edição em Português

Edição em Língua Portuguesa do Brasil.
Capa Brochura

ISBN: 978-1-966892-31-1
LCCN: 2025937240
Escrito por: Deborah Liss
Tradução: Jorge Fecuri
Coordenação Editorial: Ana Silvani
Revisão Gramatical: Ana Alice Bueno & Ana Silvani
Capa & Ilustrações: Becca Lacerda
Diagramação & Adaptação Final do Texto: Deborah Liss

NOTA DA AUTORA

Olá! Eu me chamo Deborah Liss, nasci e fui criada no Sul do Brasil. Desde pequena, sempre fui uma menina muito sonhadora e apaixonada por contar histórias. E assim que aprendi a escrever, comecei a colocá-las no papel e desde então nunca parei.

Ter meu primeiro livro publicado no mês do meu aniversário de 30 anos foi algo incrivelmente especial. A menininha cheia de sonhos que ainda vive dentro de mim não poderia estar mais feliz, sabendo que eu não desisti dos sonhos dela, apesar dos desafios que a vida adulta normalmente traz, e trouxe...

Como brasileira morando nos EUA, eu busco conectar minhas raízes a cada projeto que crio. Por isso, quando comecei a escrever este livro, eu sabia que minha protagonista, Isabella, também precisava ser brasileira. E a partir disso, aos poucos, a história começou a se formar na minha cabeça: uma au pair brasileira cheia de esperanças e sonhos, decidida a recomeçar a vida nos Estados Unidos, apenas para se ver presa em um verdadeiro pesadelo por causa de uma trama familiar. Ao longo do caminho, ela percebe que até a vida que pensava conhecer no Brasil talvez não fosse exatamente o que parecia, deixando margem para uma história de origem que explicará os acontecimentos passados — um *prequel*. E a forma na qual o livro termina também pode sugerir uma continuação. Quem sabe?

Escrever este livro foi uma experiência profundamente gratificante, porque eu amo criar histórias, mesmo dentro do gênero do terror. Mas quero lembrar a todos: é apenas ficção. Um dos meus maiores medos era ser julgada pelo conteúdo do

NOTA DA AUTORA

livro, mas tudo aqui é fruto da minha imaginação. Também fiz questão de incluir elementos que eu mesma gosto quando leio um livro ou assisto a um filme — a imprevisibilidade. Aquelas reviravoltas que você não vê chegando, e que te prendem à história. Então, eu quis ter certeza de que *The Baby Seeker* tivesse isso.

Enquanto minha editora trabalhava na revisão, compartilhei o manuscrito com algumas pessoas e recebi *feedbacks* incríveis! Fiquei emocionada, especialmente ao ver o quanto os leitores se envolveram com a história, dividindo suspeitas, surpresas, teorias e até passando por sustos. Conversar sobre uma história que eu escrevi e vê-la ganhar vida através das reações e olhos dos leitores foi realmente algo maravilhoso.

AGRADECIMENTOS

Também quero agradecer a todas as pessoas da minha vida que sempre acreditaram em mim e nos meus sonhos, começando pela minha família, em especial:

Ao meu pai, Luís, que é artista e sempre encontrou na arte uma forma de sobreviver aos momentos mais difíceis da vida. Ele me ensinou, com seu exemplo silencioso, que a beleza pode nascer mesmo em meio à dor.

Minha mãezinha querida, Isabel, minha fã número um, que também sonhava em ser escritora. Na última vez em que estive no Brasil, encontrei um manuscrito de um dos livros que ela começou a escrever, e quero muito publicá-lo no futuro. Desde pequena, ela sempre me incentivou a usar minha imaginação e a dar vida aos mundos que habitavam a minha cabeça. Foi ela quem me ensinou a sonhar e acreditar que tudo era possível. Infelizmente, ela faleceu em 2016, apenas um ano depois de eu ter me mudado para os Estados Unidos. A dor de perdê-la me quebrou por dentro, e desde então venho tentando juntar os pedaços. Sei que eu nunca mais serei a mesma, mas é por ela que eu continuo seguindo em frente para honrar tudo o que ela fez por mim desde o primeiro dia da minha vida. Quando nos encontrarmos novamente, eu vou ter muitas histórias pra contar à ela, e este livro será uma delas.

Também agradeço muito à minha irmã mais nova, Ana Flávia, que sempre esteve ao meu lado. Nós temos uma diferença de cinco anos, e ela foi minha "cobaia" em muitas das minhas criações quando eu era criança. Assim como os meus amigos de infância, que sempre me apoiaram e toparam participar das minhas ideias malucas, sem vocês eu não seria quem sou hoje.

AGRADECIMENTOS

Obrigada a todos que me incentivaram durante o processo de escrever este livro. Mais uma vez, à minha editora Ana Silvani, sem o seu apoio nada disso estaria acontecendo. Ao Jorge Fecuri, que trabalhou na tradução do texto, e a Ana Bueno, que ajudou na revisão do livro. E à talentosa Becca Lacerda, que criou as ilustrações maravilhosas que aparecem em cada capítulo. E, é claro, a você, leitor(a)! Muito obrigada!

INTRODUÇÃO

A criação de *The Baby Seeker* tem uma origem bem interessante. Tudo começou em uma noite em que eu estava de babá. O bebê já estava dormindo, e eu estava sentada no sofá, mexendo no meu celular com a câmera da babá eletrônica ao meu lado. Tinha vários brinquedos espalhados na sala. De repente, um som estranho começou a tocar, uma musiquinha de ninar com a bateria fraca estava vindo de um dos cestos. Me assustei. Fui até lá e encontrei a origem do barulho: um ursinho de pelúcia sorrindo, segurando um coração vermelho. Apertei o botão para desligá-lo e voltei ao sofá... mas o som tocou de novo.

Em vez de ficar com medo, eu tive uma ideia. Peguei o ursinho novamente, me perguntando se talvez eu não tivesse desligado direito... ou se havia algo mais ali comigo. Mas minha cabeça já estava a mil. Corri pro celular e comecei a escrever tudo que minha imaginação estava criando. Escrevi o título *"The Babysitter"* (A babá) e descrevi exatamente o que tinha acontecido, como se fosse uma cena de filme. Olhei ao redor da sala em busca de mais inspirações, vi um espelhinho de bebê e pensei, *e se algo passasse atrás da babá, visível só para quem está assistindo?* Reparei num retrato de família enorme, no monitor do bebê... e tudo começou a virar uma pequena história de terror.

Eu precisava de um nome que conseguisse captar essa sensação agoniante na qual eu senti. Liguei pra minha irmã Ana e contei a ela a história e algumas ideias para o título. *"The Children Seeker?"* (O caçador de crianças) perguntei. E ela disse: *"The Baby Seeker"* (O caçador de bebês), o nome ecoava de forma parecida com *Babysitter* (babá) e me arrepiou. Eu soube na

INTRODUÇÃO

hora: esse era o nome! Obrigada, maninha.

Logo depois, conseguimos montar um curta-metragem com uma equipe talentosíssima, filmado em apenas um dia: Ricardo Cohen, diretor de fotografia e amigo querido; Ana Silvani, minha produtora e dona da WeBook Publishing, que é muito mais que uma amiga — é como uma mãe pra mim; minhas queridas amigas Tatyana Figueiredo e Nathalia Coppa, que todos os dias me provam que ainda existem amizades verdadeiras nessa difícil indústria de cinema; Ed Gallo; Ítalo Bertaglia, nosso assistente de câmera, que está sempre pronto pra nos ajudar com tudo, não só nesse projeto; os talentosos Mariacham & Krao, que nos cederam a versão arrepiante da canção de ninar *Hush Little Baby*, que virou o tema do nosso curta; e claro, nossos amigos que gentilmente nos emprestaram sua casa como locação: Ryan Santwire, Ana Carolina Cohen e Cecília Oliveira. Um agradecimento especial a todos vocês.

Com esse curta, ganhamos vários prêmios e conhecemos pessoas incríveis ao longo do caminho. A intenção sempre foi transformá-lo em um longa, então comecei a escrever uma história baseada no curta… mas acabei me empolgando tanto que virou um livro!

Espero que vocês curtam essa jornada em que estão prestes a embarcar com a leitura deste livro. E lembrem-se: *The Baby Seeker* é o lugar onde canções de ninar viram sussurros de terror… então é melhor ler com todas as luzes acesas!

PRÓLOGO

Sombras dançam pelos cantos de um quarto mal iluminado, pequeno e sem janelas, como se estivessem imunes à luz das velas. Nas paredes, as prateleiras estão repletas de livros velhos, frascos com um líquido turvo e pedrinhas marcadas com símbolos místicos. O ar é pesado e tem um cheiro de cera de abelha com couro, que se mistura com um aroma de madeira velha e um leve odor de decomposição.

Bem no centro, há uma mesa de madeira rústica cheia de gravetos, ossos e livros satânicos bem antigos manchados de sangue. Duas mãos criam um totem em formato de estrela utilizando ramos, ossos e tiras de couro. Uma voz feminina assombrosa começa a cantarolar a melodia de uma canção de ninar americana famosa *"Hush Little Baby"* (Bebezinho, não chore mais).

Com cuidado, ela segue as instruções de um livro aberto ao seu lado. A página mostra uma imagem assustadora e muito parecida com o totem que ela está criando. A mulher põe o dedo indicador sobre a página e segue as palavras em latim:

Accende tria candelabra nigra circa aram tuam. Totem tuum incipe, utendo fragmentis lignorum e silva sacra.

Pellis humana corium involvat circa lignum. Familiare tuum ut sacrificium offer, caput eius in medio totemi ponendo. Crinem destinati hostis sume et intermedia alliga...

PRÓLOGO

Ela abre uma gaveta do lado direito, pega uma caixa de sapatos velha e a coloca sobre a mesa, ao lado do livro aberto.

Um silêncio pesado invade o quarto e ela solta um suspiro profundo que interrompe aquela melodia sombria. Assim que ela abre a caixa, revela-se um gatinho preto e branco sem vida, seu pelo ainda brilhante e macio. Com os olhos entreabertos e o corpo relaxado, parece que ele está só dormindo. O calor que ainda sai de seu corpo pequeno sugere que ele estava vivo há menos de uma hora.

Delicadamente, ela segura o corpinho e sente os últimos resquícios de vida em suas mãos. Com o cotovelo, ela empurra a caixa de sapatos para fora da mesa, criando um baque suave que ecoa no silêncio. Com cuidado, ela põe o gatinho em uma bandeja de prata que reflete a luz da vela, criando uma sombra em seu pelo preto e branco.

Ao abrir a última gaveta da mesa, encontra uma faca estranha em seu interior. Só de tocar a lâmina, ela sente um calafrio, como se pequenas agulhas estivessem penetrando sua coluna. A faca é diferente, pequena, porém pesada, como se estivesse carregando o peso de um passado cruel. Sua lâmina é fina e curvada com a ponta muito afiada, brilhando na luz fraca, e seu cabo é coberto de couro escuro e gasto.

A faca parece ter vida própria, como se fosse ela que guiasse a mulher a cortar a cabeça do gato. O sangue do bichinho escorre, preenchendo quase toda a bandeja de prata.

Com calma, a mulher limpa a cabeça do gatinho sem vida, eliminando qualquer sinal de sangue com um pano preto macio. Em seguida, posiciona-a com cuidado no centro do totem, ela usa algumas tiras de couro para prender este com-

PRÓLOGO

ponente final. Satisfeita, ela levanta o totem completo com as duas mãos, iluminado pela luz das velas, e admira sua criação macabra.

CAPÍTULO

01

O céu, sem nenhum sinal de sol, deixava tudo mais escuro e triste, dando um tom cinza melancólico à pequena cidade costeira.

Um carro segue pela rua estreita que corre ao lado do oceano, cujas ondas batem com força nas pedras irregulares, como se quisessem destruí-las. Ao lado da estrada, uma floresta densa acompanha o caminho do veículo, com árvores tão altas e fechadas que seus galhos parecem se recusar a deixar a luz do dia passar.

As folhas, em tons escuros de verde com toques de marrom, se agitam com a brisa do oceano, como se sussurrassem um segredo.

Sentada no banco de trás do carro, Isabella segue perdida em pensamentos, com os olhos fixos na paisagem que passa pela janela. Apesar do céu triste e cinzento, um sorriso tímido aparece em seu rosto, revelando o encanto captado por seus olhos. Com os cabelos escuros e ondulados caindo sobre os ombros, ela veste várias camadas de suéteres coloridos, e por cima, um casaco azul-marinho já bem surrado, tentando proteger do frio. Ao seu lado, há uma mala; uma mochila preta vai sob seus pés e, no colo, ela segura um caderno e uma caneta. Isabella está imersa em pensamentos que vão e vem entre o mundo lá fora e as anotações que faz no caderno:

Minha vista neste momento é a coisa mais linda que já vi. O braço do mar parece abraçar a costa da cidade, e a cada minuto que passa, eu me sinto mais livre. Eu consigo ouvir as correntes nas quais eu estava presa caindo ao chão. Claro, meus medos ainda estão aqui presentes comigo, como se tivessem feito uma mala só para si e se escondido no avião em que eu vim. Mas o mais importante é que eles não perceberam que não seriam os mesmos depois que eu pousasse aqui; eles agora são mais técnicos, como enfrentar o novo idioma. Sempre amei o inglês e sempre fui uma aluna dedicada, mas esta é a primeira vez que estou totalmente imersa neste mundo... Daqui para frente, vou focar apenas na minha nova vida aqui nos Estados Unidos e em todos os lugares que vou conhecer. Literalmente, sinto como se estivesse dentro de uma cena de filme...
07 de Março, de 2004

Enquanto escreve, Isabella olha pela janela e percebe uma mansão à distância. Sua respiração fica presa na garganta diante da visão surpreendente. A construção enorme e cinza-

escura parece ter sido pintada para combinar com o céu nublado e triste que cobre a cidade.

O carro segue devagar pela estrada chegando cada vez mais perto, e isso só faz com que Isabella se sinta ainda mais impressionada, pois agora ela consegue ver todos os detalhes do lugar que antes parecia tão distante. A mansão parece ter vida própria; cada elemento parece planejado com cuidado, desde os detalhes esculpidos nas portas e janelas até os acabamentos elaborados que contornam o telhado. É uma visão como nenhuma outra que ela já tenha visto.

Em frente à mansão está o que parece ser uma família feliz aguardando sua chegada. A respiração de Isabella se acelera e seu coração dispara com nervosismo e dúvidas. *E se eles não gostarem de mim? Ou se não entenderem o que eu disser ou...* Antes que o carro pare por completo, os pensamentos dela pausam e ela olha rapidamente para todos os membros da família que a espera: mãe; pai; irmão mais velho, de sua idade; um menino mais novo, de cerca de 10 anos; e um bebê, uma menina.

O carro finalmente para. O motorista se vira para olhar para a passageira — um senhor de bigode espesso e cheio, que parece dominar seu rosto desgastado pelo tempo. Seus olhos, apesar das rugas ao redor, são nítidos e atentos. Sua pele é pálida e seu cabelo, embora ralo e branco, ainda mostra traços de sua antiga coloração preta.

"Precisa de ajuda com a bagagem?", pergunta o motorista. Isabella está distraída e é pega de surpresa com o questionamento, pois sua mente está noutro lugar. Ela não tem certeza do que ele disse e, claramente confusa, o encara por um instante. Ele então repete a pergunta bem devagar, como se estivesse falando com uma criança.

"Precisa. De. Ajuda. Com. A. Bagagem?" O motorista

repete. Isabella não tem certeza se ele está sendo simpático ou sarcástico. Seu rosto representa uma completa interrogação.

"Ah, não. Obrigada", ela responde, enquanto abre a porta do carro. Rapidamente guarda o diário e a caneta dentro da mochila e a pendura no braço direito. Com a mão esquerda, pega a mala e a arrasta para fora do carro. Isabella então se recompõem antes de ir cumprimentar a família.

Quando se aproxima, Michael, o irmão mais velho, anda na sua direção para ajudar com a bagagem. Isabella o observa como se tudo estivesse acontecendo em câmera lenta. Ele é alto e veste uma jaqueta de couro marrom por cima de uma camisa branca. Seus olhos são cor de avelã, uma mistura de verde e castanho, como as folhas das árvores ao redor, e o cabelo loiro-escuro cai levemente sobre os olhos.

"Ei, deixa que eu te ajudo com isso", diz ele, pegando a mala da mão dela. "A propósito, me chamo Michael", acrescenta, estendendo a outra mão para dar as boas-vindas.

"Obrigada. O meu nome é Isabella", responde, sem jeito. Ele apenas faz um aceno com a cabeça enquanto se afasta e entra pela porta majestosa da mansão. Ela, um pouco constrangida, ajeita a mochila ao ombro e caminha em direção ao resto da família.

Isabella percebe que a mãe se aproxima com a bebê no colo. O sorriso acolhedor da mulher a deixa imediatamente à vontade. Ela veste um suéter preto de aparência macia, seu cabelo é muito bonito, louro e curto, e seus olhos são azuis como o mar.

"Olá, Isabella. Como é bom finalmente conhecer você pessoalmente. Estamos muito felizes por tê-la como nossa *au pair*," diz a mulher, com a voz cheia de carinho, enquanto envolve Isabella num abraço.

A surpresa de Isabella logo se transforma em um sorriso espontâneo. "Eu também estou muito feliz por estar aqui", responde com um tom de excitação.

"Eu sou a Emily, e essa fofurinha aqui é a Lily", diz a mulher, tocando de leve o narizinho da bebê enquanto lhe apresenta a filha. A pequena Lily parece uma cópia em miniatura da mãe. Em seguida, ela faz um gesto em direção ao homem ao seu lado, "E esse é o Mar—"

"Emily, se me permite?" O homem a interrompe, estendendo a mão para Isabella. "Olá, Martin Wilson. Espero que tenha tido um ótimo voo." Sua postura é séria, mas cordial. Vestido com uma camisa branca impecável, seu cabelo castanho-escuro complementa os olhos cor de avelã que partilha com o filho.

"Fiz. Foi a primeira vez que viajei de avião e foi tudo perfeito", responde Isabella com um sorriso gracioso.

O sorriso de Emily não se altera com a interrupção, parecendo estar fixo no lugar, como se estivesse colado ao seu rosto. Enquanto a nova *au pair* observa isso, uma onda de insegurança inunda seu peito deixando-a sem saber direito como interpretar Emily naquele momento. Seus pensamentos disparam, tentando entender o clima estranho que se instalou entre eles. *Ela também pode estar nervosa*, reflete, tentando ver pela perspectiva de Emily. *Abrir a casa a uma desconhecida e lhe confiar seus filhos? Definitivamente não deve ser fácil.* Mesmo assim, a dúvida continua a pairar em sua mente. *Ou talvez... talvez ela simplesmente não tenha gostado de mim*, cogita, um pensamento que tenta afastar, mas não consegue evitar.

Quando Emily aponta para o menino ao lado de Martin, a atenção dela volta para o momento presente.

"E por fim, esse é o Daniel", diz Emily, voltando-se

para Isabella. "Dá um oi, Daniel!", ela insiste, dando um leve empurrão no menino tímido.

Daniel, magro, com dez anos, cabelo castanho despenteado, olhos grandes e apreensivos, agarra-se à perna do pai. Emily o empurra suavemente na direção de Isabella, que ainda mantém o sorriso fixo. O incidente desencadeia uma enxurrada de lembranças antigas na mente de Isabella, pois ela odiava quando sua própria mãe a forçava a interagir com outras pessoas.

"Tudo bem, Daniel. Tenho certeza de que vamos ser grandes amigos em poucos dias", diz Isabella com um sorriso acolhedor, tentando aliviar um pouco do nervosismo do menino.

Emily, ao notar a interação, olha para Daniel e para os demais antes de tomar a frente, convidando-os a entrar em casa. Ao entrarem no hall grandioso, a atenção de Martin é desviada quando seu celular toca, uma ligação aparentemente do hospital. Isabella observa quando ele se desculpa e se afasta para atender a chamada. Nesse instante, Daniel passa correndo, gritando um nome que ela não consegue entender direito.

"Nada de correr dentro de casa, Daniel!" Repreende Emily, mas ele já está longe. "Ele está à procura da nossa gata Luna", explica à Isabella, que sorri e balança a cabeça em sinal de entendimento. *Ah, foi isso que ele disse, Luna.*

Ao dar o último passo para entrar na casa, Isabella se vê numa sala de estar espaçosa, com pé direito alto e uma janela que se estende até o teto. Mas, apesar das janelas amplas, cortinas pesadas e escuras as bloqueiam, escondendo o mundo lá fora. Abajures grandes estão espalhados pelos diversos ambientes da mansão e são a única fonte de luz, quente, porém

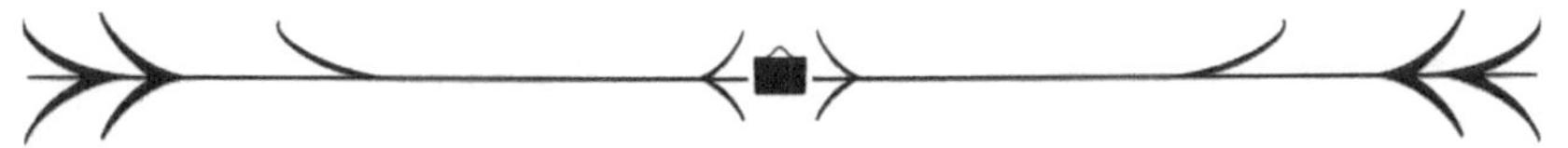

difusa. Um sofá enorme de couro escuro domina o espaço, de frente para uma lareira magnífica construída em pedras e, acima dela, uma televisão encobre toda a parede. Tudo ali parece grandioso demais para Isabella, especialmente em comparação com sua casa simples, onde dividiam um pequeno sofá velho amarelo.

Seus olhos percorrem a sala com curiosidade, tentando absorver cada detalhe o mais rápido possível. Fotografias de família decoram as paredes, oferecendo pequenos fragmentos da vida da sua *host family.*

Isabella continua a seguir Emily ao subir uma escadaria que não parece ter fim. O corrimão é de madeira escura e maciça, com vários detalhes lindos que parecem ter sido entalhados à mão. No topo da escada, há um grande retrato de Emily, Martin, Daniel e a bebê Lily.

A voz de Emily ecoa ao fundo enquanto ela guia Isabella pela casa, mostrando um pouquinho de cada cômodo. Mas suas palavras soam muito distantes, abafadas pelos pensamentos acelerados de Isabella. Sua mente, já cansada, luta para traduzir tudo o que Emily diz de uma vez só.

Ela logo consegue entender algumas palavras ditas por Emily que, por seu tom de voz, parecem particularmente importantes de serem lembradas.

"Ah, e esta parte da casa, nós não usamos. Provavelmente vamos fazer uma obra este verão... E o seu quarto é por aqui", diz ela, apontando para a direita. Enquanto isso, Isabella vislumbra com o canto do olho a área desprezada da casa. É um corredor longo e escuro que se cruza com outros como ele, parecendo um labirinto, sem qualquer janela ou mesmo iluminação.

"Aqui estamos! Espero que você goste do seu quarto.

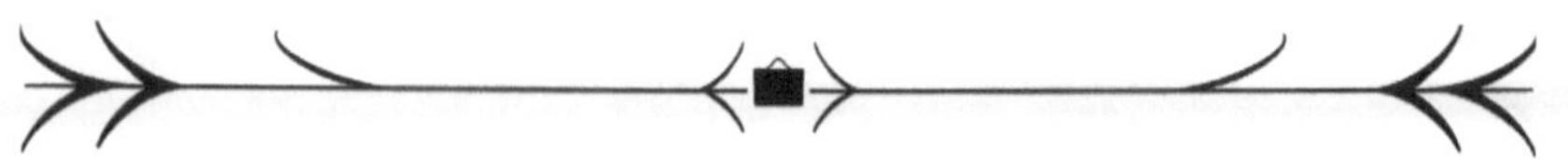

Fiz questão de escolher um com uma das melhores vistas", diz Emily ao abrir a porta. "Me avise se precisar de qualquer coisa. O jantar será servido às seis e meia na sala de jantar principal, no primeiro andar, como te mostrei anteriormente." Isabella esforça-se para encontrar as palavras certas.

"Obrigada, eu estarei lá", ela consegue finalmente dizer.

Ao se distanciar, Emily grita por cima do ombro, "Se você quiser ligar para sua família, há uma linha telefônica na sala de estar ou você pode usar o vídeo no seu computador." Isabella quer agradecer novamente à sua *host mom*, mas quando consegue falar, ela já tinha desaparecido.

Sem palavras, Isabella olha para o seu novo quarto. É a primeira vez que tem um espaço que pode chamar de seu, e fica ainda mais surpreendida por descobrir um banheiro anexo. O quarto tem papel de parede escuro com florzinhas, e a cama de madeira escura, está virada para uma janela grande coberta por uma cortina preta bem grossa. Ela se aproxima da cortina, cujo tecido é tão aveludado como os seus pensamentos. Com uma leve puxada, ela a afasta, convidando a luz do dia a entrar com rapidez, como se estivesse a explorar território desconhecido.

A vista é surpreendente, como Emily havia prometido. Isabella é recebida pelas cores deslumbrantes do penhasco e do oceano, com terra visível no horizonte distante. Sua janela tem vista para o quintal da casa. No canto direito, uma árvore majestosa, quase toda despida, com folhas marrons espalhadas pelo chão, acompanhada somente por um parquinho desgastado pelo tempo. Do lado esquerdo, vê-se uma casa de campo charmosa. Quase como um sinal silencioso, a chuva começa a cair devagar, e uma gota escorre

lentamente pelo vidro da janela.

Isabella aprecia o momento por mais alguns segundos antes de voltar a explorar seu quarto. Ela percebe que na escrivaninha ao lado da cama há um computador. A visão a surpreende. Em casa, ela compartilha um computador velho com a irmã mais nova e só tem acesso a ele após a meia-noite, quando a mãe está dormindo. Ela senta-se na cama e sente o seu conforto, cercada por almofadas macias por todos os lados.

Isabella repara na sua mala ao lado de outra porta fechada e fica curiosa. Ao abri-la, descobre um *closet* quase do tamanho do quarto que partilhava com a irmã. Decide começar a desfazer a mala e pendurar as roupas ali dentro, e não consegue segurar uma risada ao ver o quão pouco espaço suas coisas ocupam naquele lugar enorme. Depois de escolher sua melhor roupa, ela dá uma olhada no relógio sobre o criado-mudo: 16h05. *Parece o momento perfeito para um banho*, pensa. Vai até o banheiro e dá de cara com uma banheira como aquelas que só tinha visto em filmes.

"Eu não acredito!", sussurra, empolgada. Liga a água e começa a se despir com pressa, ansiosa para se jogar naquele banho de luxo, nem espera a banheira encher por completo antes de entrar. Ao mergulhar na água morna, um suspiro de alívio escapa de seus lábios enquanto ela fecha os olhos. *Está tudo perfeito*, pensa.

Quando reabre os olhos, ela tenta espiar o relógio através da porta do banheiro, parcialmente aberta. Esticando o pescoço, consegue ver 17h10. *Nossa! O tempo voou!*, pensa, sem nem sequer ter reparado que a água estava esfriando. Sai rapidamente e se veste.

Ao se dirigir à escrivaninha, liga o computador e espera pacientemente que ele inicie. Então, ela começa a esvaziar a

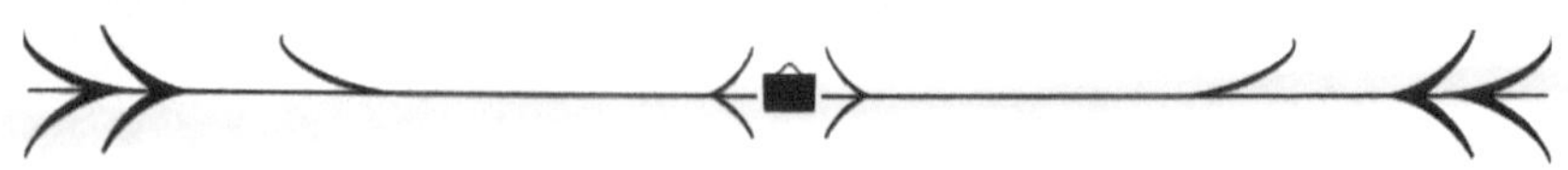

mochila que tinha largado no chão, junto à janela, ao reparar a vista deslumbrante; a chuva ainda cai lá fora. Entre seus pertences, tira alguns livros e os deixa num canto da escrivaninha. Encontra uma caixinha de presente bem simples. Sem se dar ao trabalho de abrir, ela atira a caixinha para dentro da gaveta do meio da escrivaninha. Enquanto continua a desfazer a mochila, encontra algumas fotografias que parecem ser de familiares e amigos. Ela vai olhando uma a uma e as coloca sobre os livros, até que para em uma em especial: um homem segurando uma garotinha. Seus olhos se enchem de lágrimas enquanto ela encara a imagem, perdida em pensamentos. O som do computador iniciando a traz de volta à realidade, e ela coloca a fotografia junto das outras antes de se sentar na cadeira em frente à escrivaninha.

Por um momento, Isabella se atrapalha um pouco para entender como o computador funciona, mas logo consegue se virar. Inicia uma chamada de vídeo e espera. Quando já começa a achar que ninguém vai atender, alguém aparece do outro lado da tela.

"Oi, Ana, achei que tu não ia me atender," diz, com um leve ar triste.

"Eu estava no telefone com a mãe bem na hora que tu ligou," Ana responde.

"Deixa eu adivinhar: ela te ligou para dizer que vai ficar até mais tarde no culto da igreja?", Isabella comenta ironicamente.

"Isa, pega leve com ela... E como foi a viagem? Eu não sei como as coisas funcionam aí, então não sabia quando tu ia conseguir falar," diz Ana.

"Eu vou simplesmente ter uma vida de princesa, tu tem que fazer o mesmo depois do teu aniversário, tu precisa sair

dessa casa!", exclama Isabella.

Ana parece ficar um pouco irritada com o comentário. Isabella, ao perceber, acrescenta, "Ana, eu tenho uma banheira no MEU banheiro. Eu tenho um banheiro DENTRO do meu quarto!"

Ao ouvir isso, Ana sorri para a irmã. "E como é a família?" Ela continua.

"Eles são perfeitos, igual nos filmes. Moram em uma mansão, quer dizer, EU moro em uma mansão, e eles têm um filho mais velho que eu acho que tem mais ou menos a minha idade e que é totalmente o meu tipo," ela responde super animada, e as duas riem.

"Que bom, tu tá conseguindo tudo o que queria," Ana observa.

O sorriso de Isabella se desfaz aos poucos, e ela apenas balança a cabeça, concordando. Tenta conter a pergunta, mas as palavras escapam antes que perceba, "A mãe te perguntou se eu liguei?"

Ana responde com um movimento discreto de "não" com a cabeça.

Isabella tenta esconder a decepção que, no fundo, já esperava, e muda de assunto, "Enfim, eu tenho que ir. Aqui eles têm um horário específico para o jantar, que engraçado né?", diz ela.

"Isa, eu sinto muito...", diz Ana.

"E por quê? Eu vou viver o melhor momento da minha vida," responde, tentando disfarçar qualquer sinal de emoção. "Tchau, te amo", completa, encerrando a chamada antes que a irmã possa responder. Olhando para a tela do computador por um momento, perdida em pensamentos. De repente, o grito estridente de um corvo a traz de volta à realidade. Isabella

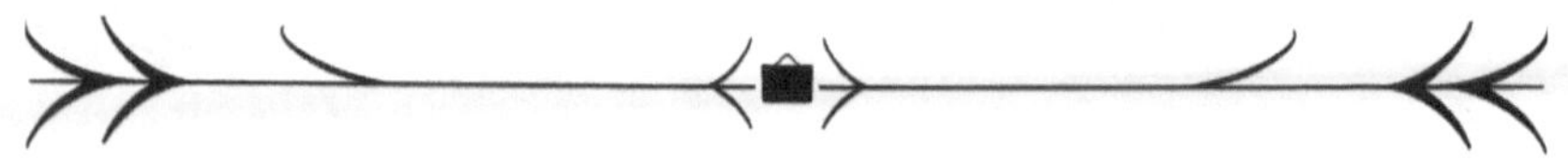

se assusta, dá um pulo na cadeira e observa enquanto o corvo grita mais uma vez antes de voar para longe. Com o coração ainda acelerado, ela vai até a janela e fecha as cortinas escuras.

***

O clima ao redor da mesa de jantar é acolhedor, e a sala de jantar exala um ar de elegância, com a mesa posta nos mínimos detalhes.

Emily toma um gole de vinho antes de se dirigir a Isabella com um sorriso, "Isabella, querida, não costumamos cozinhar por aqui, exceto no café da manhã. Todos estão sempre com pressa. Portanto, sinta-se à vontade para pedir o que você e o Daniel quiserem durante a semana para ser entregue aqui. Ou, se preferir, você mesma pode cozinhar o que quiser."

Isabella concorda com um aceno agradecido, um leve sorriso surgindo em seus lábios. "Obrigada, Emily. É muito gentil de sua parte." Ela come mais uma garfada da deliciosa massa italiana com parmesão, e só então se dá conta do quanto estava com fome.

Martin, limpando os lábios com o guardanapo, acrescenta, "E no caso de qualquer emergência, o hospital onde trabalho fica apenas 10 minutos de carro pela estrada de onde você veio. É só pegar a primeira à direita, ele fica bem na esquina. O Michael também trabalha lá", ele aponta para o filho mais velho que, com uma dose de sarcasmo, responde, "Bom, pai, acho que eu não tinha muitas opções de carreira nesta cidade". Martin dá uma risadinha. A brincadeira deles revela uma dinâmica familiar.

Emily, ansiosa para mudar de assunto, engole rápido a massa que acaba de levar à boca. "Ai, deixe de besteira, queri-

do. Não haverá nenhuma emergência. E, além disso, estarei em casa a maior parte do tempo", ela garante, trocando um olhar peculiar com Martin antes de voltar sua atenção para a *au pair*. "A propósito, Isabella, se precisar de alguma coisa, geralmente estou em meu ateliê no pequeno chalé, atrás da casa. Mas, enfim, como é o Brasil? E sua mãe? Você disse que tem uma irmã, certo?"

Bombardeada pela enxurrada de perguntas, Isabella tenta acompanhar o ritmo da conversa. Sua mente, exausta depois de tantas horas de viagem e tentando processar tanta informação nova, faz com que ela escolha uma resposta simples, especialmente porque ela não quer errar o inglês.

"Bom, eu nasci em Lages e cresci em Blumenau, duas cidades no sul do Brasil..." Com todos os olhares voltados para ela, tenta continuar, "Lá é sempre muito ensolarado... é um lugar muito lindo e bom—" Mas antes que consiga dizer mais alguma coisa, Daniel, que estava quieto até então, interrompe com a curiosidade inocente de uma criança, "Se é tão bom assim, por que você foi embora?"

"Daniel, isso foi muito grosseiro! Peça desculpas pra I-sabella agora mesmo!", diz Emily em um tom ríspido, lançando um olhar firme para o filho. Martin, censurando a atitude dela, intervém, "Ele é uma criança, Emily. Calma!"

Antes que alguém possa dizer qualquer coisa, Isabella pensa com cuidado em uma resposta para o menino, levando em conta sua pouca idade. Ela não pode simplesmente dizer a ele que a mãe dela é louca. Por um breve momento, ela fica com a impressão de ter dito isso em voz alta, mas logo encontra uma resposta leve e bem-humorada. "Bom, eu estava cansada de ficar constantemente queimada pelo sol", diz ela com um sorriso.

Daniel tenta segurar o riso, e Isabella percebe, de relance, que Michael também ri, e a olha com gentileza.

"Viu, ela realmente tem um motivo, Emily", diz Martin ironicamente.

A bebê Lily começa a se agitar um pouco, dando a desculpa que todos precisavam para que o jantar terminasse.

****

Isabella está deitada em sua cama e o brilho suave da lua projeta sombras por todo o quarto. Lá fora, gotas de chuva molham a janela suavemente e os galhos da árvore balançam ao ritmo do vento. Ela segura o celular nas mãos, a tela trincada reflete a luz fraca do quarto. Com o dedo hesitante, abre o contato da mãe e fica ali, parada, pensando se deve ou não fazer a ligação.

Reunindo coragem, Isabella pressiona o botão de chamada, mas tudo o que ouve é uma mensagem automática dizendo que a ligação não pôde ser completada. Frustrada, ela vai até o telefone da sala, seus passos ecoando suavemente pela casa silenciosa.

Respirando fundo, ela liga para a mãe. A mente ocupada calcula com pressa a diferença de horário no Brasil, enquanto espera que a ligação seja atendida. Cada toque parece uma eternidade até que, finalmente, uma voz cansada responde do outro lado.

"Alô? Quem é?", diz uma voz rouca.

Isabella responde rapidamente antes que sua mente possa impedi-la, "Oi mãe, sou eu, a Isa. Eu só queria te dizer que eu cheguei bem e todos aqui são super legais," diz, tentando conter a empolgação.

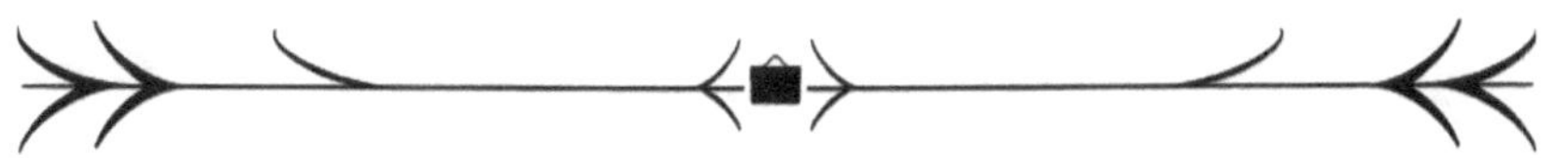

"Que bom", responde a mãe, sem nenhum entusiasmo.

"E como está a vó, ela foi no médico hoje?", pergunta, tentando manter a conversa.

"Sim, ela foi," diz a mãe, de forma seca.

Isabella pensa por um momento, sem saber como continuar, "A casa deles aqui parece um castelo, e eu tenho até uma banheira dentro do banheiro que fica dentro do meu quarto, e eu—".

A mãe a interrompe, bruscamente, "Eu estou cozinhando para o almoço e daqui a pouco eu já tenho que correr para a igreja, então...".

"Ah sim, sem problemas. Eu ligo outra hora," Isabella argumenta, tentando esconder sua decepção. Nesse momento, sua mente fica repetindo para si mesma porque sequer ela ainda tenta.

"Tu viu o presente que as meninas da igreja mandaram para ti? Eu coloquei dentro da tua bolsa," a mãe indaga.

"Sim, eu vi," Isabella responde, revirando os olhos.

"E qual é a cor do terço?" questiona a mãe.

Isabella odeia quando sua mãe faz isso; está sempre a testando. Ela pensa por um instante, tentando adivinhar, já que nem tinha aberto a caixinha. Na verdade, só jogou dentro da gaveta da sua escrivaninha.

"É azul".

A mãe solta uma risada sarcástica de reprovação.

Depois, silêncio.

Conforme o silêncio se prolonga, Isabella sente um incômodo crescendo, como se estivesse sendo observada pela escuridão ao seu redor. Olha ao redor, esquecendo por um momento que ainda está no telefone. As sombras não dizem nada... até que a mãe quebra o silêncio.

"Isabella, tu precisa de Deus na sua vida, se não vai acabar igual ao teu pa—". Antes que a mãe possa terminar, Isabella desliga a ligação, com a respiração pesada.

No caminho de volta para o quarto, seus olhos vão direto para o grande retrato da família pendurado no topo da escada. Ele está torto. Ela para bem na frente e o observa por um momento antes de endireitá-lo. Um calafrio percorre seu corpo enquanto a sensação de estar sendo seguida intensifica.

Rapidamente, ela sobe o restante das escadas, entra no quarto e fecha a porta atrás de si, ofegante. Tenta controlar a respiração, focando no movimento do peito subindo e descendo. Cada inspiração é lenta, profunda, preenchendo os pulmões de ar. Cada expiração é cuidadosa, como se, junto com o ar, deixasse escapar um pouco da tensão. Quando finalmente consegue se acalmar, puxa a cadeira da escrivaninha e a posiciona em frente à janela. Abre o diário e começa a escrever sobre o dia da chegada.

Ela inicia, a caneta desliza sobre o papel.

Eu nem sei por onde começar. Parece que vivi uma semana inteira em apenas um dia. Estou com um pouco de dor de cabeça, mas acho que é normal. Afinal, literalmente entrei em um filme americano, daqueles que eu costumava assistir na Sessão Da Tarde depois da escola e antes da mãe voltar do trabalho. Nunca entendi por que ela achava que esses filmes influenciavam coisas ruins; bom, neste caso, ela está certa, olha onde eu acabei, bem longe dela. Mas para mim, tem sido maravilhoso. Tudo o que sei é que quero ver o mundo, viajar, sentir o ar livre no meu rosto, assim como você fez.

Ela faz uma pausa, franzindo a testa, pensativa.

A família parece muito simpática. Sinto que são reservados, mas eu já esperava isso. A única coisa que me deixou um pouco desconfortável foi a maneira como vi Emily tratar o Daniel. Talvez

Isabella olha pro teto, irritada consigo mesma, e depois volta a escrever, com um leve sorriso no canto da boca.

Isabella olha para o lado mais escuro do quarto, bem no canto direito da grande janela à sua frente, onde nem a luz da lua não alcança.

Ela fecha o diário e olha novamente para o canto escuro. Levanta-se e acende a luminária. Não encontra nada. Dá um sorrisinho sem graça, apaga as luzes e se deita na cama, cobrindo-se.

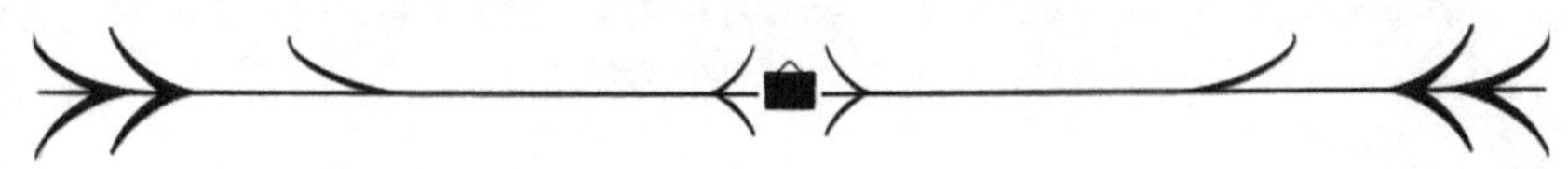

CAPÍTULO

02

A chuva começa a diminuir, mas nuvens pesadas ainda cobrem o sol. Isabella entra na sala de estar com uma mamadeira de leite quente e encontra Emily, que imediatamente entrega a bebê Lily para ela.

"Eu sei que já disse isso antes, mas, por favor, não a deixe sozinha nem por um segundo." Emily pede, olhando rapidamente para a janela, como se tivesse visto algo estranho.

"Está tudo bem?" Isabella pergunta, seguindo o olhar de Emily, que pisca, parecendo voltar à realidade.

"Ah, sim… Desculpa." Ela murmura, em seguida, fecha a cortina e vai até a porta para calçar suas botas de chuva pretas. Enquanto isso, Daniel revira a casa à procura da sua gatinha, olhando embaixo do sofá de couro escuro e em todos os possíveis esconderijos, mas sem sucesso.

"Daniel, para com isso, por favor! Essa gata deve estar lá fora e você está bagunçando tudo!", reclama Emily, cada vez mais impaciente.

"Mas mãe, ela nunca ficou fora tanto tempo… Já faz sete dias. Eu até marquei no meu calendário." A frustração é evidente na voz do menino.

Emily tenta encerrar o assunto, "Vamos esperar mais uma semana. Se ela não voltar, eu compro outro gato para você. Agora se comporta por favor, você tem muitas aulas hoje", diz a Daniel, antes de se virar para Isabella. "Estou indo ao centro da cidade comprar algumas tintas para o meu estúdio. Precisa de alguma coisa?"

Isabella pensa por um momento. "Não, obrigada", ela responde enquanto Emily sai.

Isabella continua sentada no sofá de couro, dando mamadeira para a pequena Lily, enquanto seu olhar permanece em Daniel, que parece triste enquanto brinca com seus caminhõezinhos no tapete. O som do alarme interrompe os pensamentos dos dois.

"Muito bem, Daniel, é hora das nossas aulas", avisa, chegando até ele e bagunçando seu cabelo.

***

O cômodo, que serve tanto como quarto de brinquedos quanto como sala de aula, é suavemente iluminado pela luz filtrada por uma grande janela coberta por uma cortina pesada e escura, como todas as outras janelas da casa. As paredes do ambiente são cobertas com um papel de parede listrado em tons de cinza.

Os brinquedos se espalham por um tapete marrom grande que fica bem no meio, formando uma mistura colorida de blocos macios, bonecas e uma variedade de carrinhos; e na parede, uma estante gigantesca de madeira escura que vai do chão ao teto, lotada de livros, materiais escolares, livros de histórias, quebra-cabeças e jogos de tabuleiro.

Ao lado do móvel, um quadro-negro tradicional fica encostado à parede. Ele apresenta resquícios de giz delineando levemente palavras e números apagados. O ar tem resquício de giz de cera e lápis recém-apontados. Um mapa-múndi está pendurado ao lado do quadro e embaixo há um sofá de veludo vermelho bem desbotado.

Em uma mesinha no centro da sala, Isabella e Daniel sentam frente a frente com um caderno aberto entre eles. No canto, uma pilha de cadernos e uma lata cheia de lápis de cor e canetas ficam ao alcance das mãos.

Enquanto observa Daniel rabiscando no caderno, Isabella percebe uma tristeza escondida por trás de sua concentração. A bebê Lily está tranquila em seu pequeno berço ao lado de uma cadeira de balanço de cor amarelo queimado.

"Ei, o que você acha de depois que terminarmos a aula, eu te ajudar a procurar o seu gatinho? Qual é mesmo o nome dele?" pergunta Isabella, em tom gentil.

Os olhos de Daniel se iluminam, surpresos com a sugestão.

"É uma menina", ele corrige com um sorriso. "O nome dela é Luna."

"Ah, então a gente pode imprimir algumas fotos da Luna e espalhar pelo bairro. Vi isso uma vez num filme", sugere Isabella, se sentindo orgulhosa da ideia.

Daniel dá um sorriso tímido, que logo desaparece. "Eu não tenho nenhuma foto dela, então não vai funcionar", ele admite.

Isabella faz uma pausa, pensando em um próximo passo. "Bom, então que tal a gente fazer desenhos dela. O que acha? Mas você vai ter que descrever ela direitinho, hein. Acha que consegue?"

Ele hesita por um momento, mas concorda, balançando a cabeça.

"Perfeito. Então foca aí na sua lição, pra gente poder desenhar assim que terminar", ela incentiva, com um sorriso. Enquanto Daniel se concentra em seu trabalho, Isabella percebe seu esforço ao escrever e apagar várias vezes. "Tem algum problema com seu lápis, Daniel?", ela pergunta com delicadeza.

"Não, é só que..." Daniel para no meio da frase, inseguro se deve ou não confiar seus sentimentos a Isabella. Mas, mesmo assim, continua, "Ela não entende. A gente não pode simplesmente comprar outro amigo. Não é assim que funciona. É difícil fazer um amigo. E se um novo gato não gostar de mim? Eu não posso obrigar ele a gostar. E aí ele só vai me lembrar, todo dia, que a Luna sumiu. Prefiro não ter mais nenhuma outra gata nunca mais." Suas palavras saem apressadas, como se ele estivesse guardando aquilo há muito tempo.

Isabella sente que já viu uma história assim antes. Ela

não sabe o que responder. "É impossível não gostar de você. No começo, você é tipo uma pedra… mas depois de algum tempo, você vira uma bolinha pula pula", diz ela, sem ter certeza se aquilo fazia sentido, mas se não fizesse, pelo menos mudava de assunto.

Daniel murmura algo sobre sua mãe não gostar dele. Isabella não tem certeza se ouviu isso direito.

"O que você disse, Daniel?", ela pergunta. Daniel não responde. Lily começa a chorar e ela se apressa em direção ao berço fazendo o assoalho de madeira ranger sob seus pés.

"Termina logo as suas tarefas pra gente fazer os cartazes!", ela diz, pegando Lily no colo.

Enquanto caminha pelo cômodo, tentando acalmar a bebê, ela observa todos os mínimos detalhes do lugar até parar em frente ao mapa-múndi. Com o dedo indicador, toca o Brasil e traça o caminho até os Estados Unidos, onde está agora.

"Bem longe, né...", fala para Lily, embalando-a de um lado para o outro. A bebê começa a se acalmar, e Isabella continua andando devagar pelo lugar.

Ela vê algumas folhas brancas empilhadas no alto de uma estante e pensa que seriam perfeitas para fazer os cartazes da gatinha desaparecida. Tenta pegá-las com uma mão só, mas algumas folhas caem no chão.

Ao se abaixar, ainda com Lily no colo, um dos papéis chama sua atenção — é um desenho. Um carro parado em frente à casa, com um homem segurando uma mala, uma mulher e um menino ao lado dela. Está datado com o dia da sua chegada. Isabella se pergunta se aquela mulher no desenho é ela. Sorri ao perceber que Daniel se desenhou ao seu lado, segurando sua mão. Lily começa a chorar novamente, e Isabella senta com ela na cadeira de balanço.

***

Quando Daniel termina a aula, eles se sentam juntos no chão sobre o tapete aconchegante. A bebê Lily, deitada ao lado deles, alterna entre se espreguiçar e mexer em seus brinquedos. Isabella e Daniel têm papéis brancos espalhados à sua frente, cada um concentrado em seu próprio desenho. Isabella esboça a silhueta de um gato com uma plaquinha embaixo que diz: "**Você me viu? Recompensa**." Então ela pega o lápis preto.

"Daniel, o contorno está bom? Vou começar a colorir a parte preta." Ela pergunta, buscando a aprovação dele.

O rosto de Daniel se ilumina de felicidade. "Sim! Está igualzinha a minha Luna. Só não esquece, esse pelo aqui é branco", ele aponta para o olho esquerdo do desenho, "e esse é preto", diz, indicando o olho direito.

"Tudo bem, senhor. Não se preocupe", ela diz enquanto começa a colorir.

"Você tem algum animal de estimação em casa?" Ele pergunta, curioso.

"Infelizmente, não. Minha irmã é alérgica a quase tudo", Isabella compartilha com certo pesar.

"Ah, você tem uma irmã como eu. Qual é o nome dela?" Ele pergunta, ainda concentrado em colorir seu desenho.

Isabella sorri, "Tenho sim! Ela é seis anos mais nova do que eu e se chama Ana".

A curiosidade de Daniel aumenta. "E qual é o nome da sua mãe?"

Isabela faz uma pausa. "O nome dela é Célia."

"See-lee-ahh", Daniel tenta repetir o nome, mas sai de um jeito engraçado, o que o faz cair na risada. "Desculpa, é que é um nome diferente", diz com a inocência de uma criança.

Isabella não consegue conter o riso diante da reação dele.

Daniel continua, "E qual é o nome do seu pa—". Antes que ele possa terminar, Isabella, percebendo onde a pergunta estava indo, interrompe rapidamente, "Terminei!" Ela ergue o desenho com orgulho, revelando um gato preto e branco lindo.

***

A casa fica ao fundo enquanto eles caminham pela vizinhança. Isabella empurra o carrinho de bebê com Lily e Daniel caminha ao seu lado. O céu está coberto por um cinza depressivo e o chão encharcado pela chuva. Eles seguem por uma trilha cercada por árvores altas, com as casas vizinhas separadas por grandes espaços.

Alguns corvos quebram o silêncio com gritos estridentes, chamando a atenção de Isabella.

"Nossa, é a primeira vez que vejo um corvo de tão perto. Eles são meio assustadores, né?", comenta, com um certo receio na voz. Daniel avista uma árvore enorme próxima da estrada e corre para lá, segurando um dos desenhos. Isabella ajuda ele a pendurar o cartaz com um prego.

"Espero que a gente encontre ela logo", diz Daniel, olhando para o desenho enquanto Isabella prende o papel no tronco.

"Vamos fazer o nosso melhor", responde ela, com um sorriso suave, tentando não criar expectativas demais.

"Você já perdeu algo que amava, Bel? Posso te de Bel?" Daniel pergunta gentilmente, pegando Isabella de surpresa.

"Claro, você pode me chamar do que for mais fácil", ela responde, engolindo em seco. "E sim, acho que quase todo

mundo já perdeu algo especial."

Enquanto continuam andando pela rua, Isabella nota outra árvore enorme perto de um parquinho onde algumas crianças brincam. "Que tal colocar outro cartaz ali?" Ela sugere, tentando mudar de assunto.

Mas Daniel responde imediatamente, "Nãão, acho que ela não viria tão longe. Talvez seja melhor a gente voltarrr", ele diz, correndo atrás dela quando percebe que Isabella já caminha em direção ao parquinho.

"Olha lá tem até alguns meninos brincando. Quem sabe você faz novos amigos?", diz Isabella, mas ele argumenta depressa, ainda tentando fazer ela mudar de ideia, "Não, eu não acho que isso seja uma boa ideia", implora Daniel.

Na medida em que se aproximam dos brinquedos, um dos meninos grita à distância. "Olhem, se não é o esquisito!" Os outros meninos começam a rir. O mesmo garoto vê os desenhos e continua, "Ah, você perdeu sua gatinha? Buáááá", zombando, enquanto faz uma cara triste.

Daniel permanece em silêncio e abaixa a cabeça. Isabella respira fundo. "Ei, isso não tem graça. Qual é o problema de vocês?" Ela tenta manter um tom educado, pois sabe que está lidando com crianças.

"Belo sotaque. Onde você aprendeu? Na escola de desenho animado? Volta para o lugar de onde você veio", um dos meninos debocha. Os outros continuam a rir.

O sangue de Isabella ferve e, à medida que a tensão aumenta, os corvos descem em voo rasante e seus gritos ficam mais estridentes. Tomada por uma onda de raiva, possivelmente alimentada pelo ressurgimento de traumas passados, ela responde bruscamente. "Ah, que bonitinho. Tá só me mostrando o quanto vocês são ignorante e infantil".

Os meninos dão uma gargalhada e tapam os ouvidos, fingindo não ter entendido. "Desculpa, eu não entendi. Você pode falar em inglês?", zomba um deles.

Um caminhão de mudanças barulhento passa ao lado de Isabella. Seu motor alto abafa um pouco o grito irritado que ela solta quando perde a paciência, "ESCUTA AQUI SEUS BABALHOS. ESTOU POR UM GIZ PARA PEGAR TODAS ESSA PREDRAS E JOGA COM TODA FORÇA EM VOCÊS," ela se atrapalha nas palavras em inglês. Surpresos com a ameaça, os meninos arregalam os olhos, mas o medo desaparece rapidamente enquanto eles continuam provocando Isabella e Daniel.

Isabella fervendo em raiva se abaixa e pega uma das pedras, mas Daniel interfere, "Bel..." ele começa, chamando a atenção dela. "Não respondas ao tolo segundo a sua estultícia, para que também não te tornes semelhante a ele. Responde ao tolo segundo a sua estultícia, para que não seja sábio aos seus próprios olhos." Ele tenta recitar cuidadosamente as palavras da Bíblia.

Isabella congela. Fica em silêncio, chocada com as palavras. Olha mais uma vez para os garotos, sem acreditar no que acabou de dizer a eles e o que estava prestes a fazer, ela abre a sua mão e deixa a pedra cair no chão. Em seguida, abaixa o olhar, suspira e começa a empurrar o carrinho de volta para casa, com Daniel caminhando logo atrás.

Enquanto caminham calados, vários corvos saem em revoada, como se fossem meros espectadores do confronto, enquanto alguns os seguem pelo caminho.

Após um tempo caminhando, Isabella quebra o silêncio.

"Onde você ouviu essa frase que você mencionou?" Isabella pergunta, sem saber o que pensar das palavras de

Daniel.

Inicialmente sem entender o que ela está perguntando, ele se lembra e responde. "Ah… minha mãe me fez ler um livro chamado Bíblia, uns meses atrás. Ela disse que isso podia proteger a minha irmã, e que, como irmão, eu devia ajudar", diz, como se não fosse nada demais. Os corvos que estavam pousados ali perto batem as asas e voam, como se aquela frase tivesse assustado eles.

Isabella franze a testa, confusa. "Entendi… não sabia que seus pais eram religiosos."

"Religiosos?" pergunta Daniel, sem entender.

"É… gente que vai à igreja, lê a bíblia, essas coisas", explica Isabella.

"Ah, eles não são. Quero dizer, não eram. Minha mãe só começou a falar sobre Deus e essas coisas há alguns meses. Foi por isso que ela me fez ler o livro. É muito longo, mas tem umas histórias legais", responde com a simplicidade de quem ainda vê tudo com olhos de criança.

"É… eu também já li", diz ela.

"Sério?" ele reage, surpreso.

"Li, sim. Mas eu não acredito muito nessas coisas, não. Minha mãe, por outro lado, é… o que você chamaria de… obcecada por Deus. Então isso acabou me levando a seguir o caminho contrário", ela admite, deixando escapar mais do que gostaria e fica em silêncio, torcendo para que Daniel não pergunte mais.

Ele pensa por um segundo e pergunta, "Seguir no caminho do diabo?" A curiosidade do garoto aumenta.

Ela quase engasga, se arrependendo amargamente de ter começado aquela conversa. "Não, não, não, só estou dizendo que não acredito em Deus", responde, já cansada do assunto.

Ao se aproximarem da casa, avistam um caminhão de mudança estacionado em frente à casa vizinha. Isabella vê a oportunidade perfeita para mudar de assunto. "Olha lá, talvez alguém tenha visto sua gatinha", diz ela, apontando para os carregadores.

Chegando perto, eles veem uma grande agitação em torno do caminhão parado do lado de fora, gente indo e vindo, levando caixas e móveis antigos para dentro da casa. Mas o que chama mesmo a atenção de Isabella é uma mulher, dona de uma beleza quase fora deste mundo. Ela se move com tanta leveza, como se estivesse dançando no ritmo da própria vida. Nos cabelos escuros, soltos sobre os ombros, uma flor peônia enfeita com delicadeza. O vento toca os fios sem conseguir tirá-los do lugar, o que só reforça sua elegância. No pescoço, um colar com dois rubis vermelho-escuros, reluzentes como dois olhos intensos, parece brilhar com vida própria. A mulher percebe Isabella e Daniel se aproximando e caminha em direção a eles com uma confiança natural. Isabella sente algo estranho, como se estivesse hipnotizada pelos traços marcantes daquela mulher. Seus olhos são negros, como dois lagos profundos de escuridão.

"Olá. Vocês moram ali?", pergunta a mulher, apontando na direção da casa deles. Isabella e Daniel sinalizam que sim.

"Ah, que maravilha. Bom, eu sou a nova vizinha. Meu nome é Agatha", diz ela, estendendo a mão para Isabella.

"Oi, o meu é Isabella. Sou a *au pair* deles e tomo conta da Lily e do Daniel", responde, apresentando as crianças.

"Prazer em conhecê-la. O que é uma *au pair*? Se você não se importa que eu pergunte", acrescenta ela, sorrindo.

"Não tem problema. Uma *au pair* é quem trabalha

para uma família em um país diferente, cuidando de seus filhos", explica Isabella.

"Que encantador. Assim você conhece lugares novos e pessoas diferentes. É exatamente por isso que eu adoro me mudar o tempo todo. Já morei em vários países", comenta Agatha. Os olhos de Isabella se arregalam, curiosa. Mas antes que elas possam continuar a conversa, o carro de Emily aparece atrás delas, em alta velocidade e para bruscamente.

"Isabella?" A voz de Emily parece tensa vindo de dentro do carro.

"Ah, oi, Emily. Já estávamos voltando para casa", responde Isabella imediatamente.

Agatha se adianta, "Olá eu sou a Agatha, sua nova vizinha. Desculpa ter interrompido o caminho deles, só queria me apresentar", diz, sorrindo para Emily.

"Oi, eu sou a Emily. Bem-vinda à vizinhança", responde, tentando parecer agradável antes de se dirigir de forma abrupta à Isabella, "Estarei esperando por vocês para o jantar", e sai cantando pneu.

"Desculpe, temos que ir. Foi um prazer conhecer você Agatha." Isabella se desculpa.

"Foi um prazer conhecê-los. Posso dar um oi para esse bebê lindo?" pergunta Agatha, já se aproximando do carrinho.

"Claro, essa é a Lily", diz Isabella. Agatha admira a bebê, sorrindo enquanto toca gentilmente suas bochechinhas fofas. Intrigada, Isabella observa Agatha limpar algo da boca de Lily com o dedo e depois lambê-lo. "Pronto, tudo limpinho", diz Agatha, sorrindo.

Sentindo a necessidade de ir embora, Isabella se apressa em se despedir. "Bom, a gente já vai indo."

"Claro. Espero vê-los em breve", Agatha responde com

gentileza.

Daniel, que até então estava em silêncio, olha fixamente para Isabella, como se quisesse dizer algo com os olhos. De repente, ela se lembra do verdadeiro motivo que os levou até ali.

"Ah! Antes da gente ir… você viu essa gatinha? A gente não tem foto, então fizemos alguns desenhos. O nome dela é Luna", diz Isabella, enquanto Daniel entrega um dos desenhos a Agatha. Ela observa o papel com atenção.

"Não, não vi. Mas posso ficar com essa folha caso eu a veja?" Agatha pergunta, olhando para Daniel, que timidamente acena com a cabeça que sim.

"Obrigada", diz Isabella, já empurrando o carrinho de bebê de volta para casa. Ela olha mais uma vez para Agatha. "Ah, eu adorei a flor no seu cabelo. Na verdade, é a minha preferida", comenta, sorrindo.

Agatha corre atrás dela e para na sua frente, já tirando a flor de seu cabelo. "Não! Você não precisa fazer isso", protesta Isabella, um pouco sem graça.

"Eu insisto. Tenho várias dessas em casa", responde Agatha, já colocando a flor no cabelo de Isabella com delicadeza. "Pronto. Ficou perfeita", diz, ainda ajeitando os fios dela.

Naquele momento, Isabella sente a sensação de estar em casa, não apenas um lugar físico, mas a sensação de ser bem recebida e cuidada, algo que nunca havia sentido antes. Ela fica sem palavras e apenas sorri.

"As peônias também são minhas flores favoritas", diz Agatha, já se afastando. Ela acena e entra em sua nova casa. Isabella ainda olha para ela, sorrindo.

"Tem um cheiro bom", comenta Daniel, quebrando o silêncio. Por um instante, Isabella até esqueceu que ele estava ali. Ela se vira para ele e sorri com carinho, a conexão entre os dois retomando naturalmente. Eles continuam caminhando de volta para casa.

***

Quando a porta pesada da garagem se abre, todos entram, deixando suas botas enlameadas do lado de fora da porta principal. Ao se abaixar para alinhar as botas com cuidado, Isabella nota uma pétala de peônia em meio à lama marrom. Ela não consegue conter o sorriso, pensando que isso deve ser um sinal de boa sorte.

Daniel entra na casa enquanto Isabella fica para trás para tirar a bebê Lily do carrinho. Enquanto ela se atrapalha com a trava do cinto de segurança, ouve os gritos furiosos de Daniel, mas não consegue entender suas palavras. Correndo para dentro de casa, ela encontra o menino saindo em disparada depois de gritar com sua mãe.

A confusão cresce nos olhos de Isabella quando ela encara Emily, que segura uma caixa de sapatos embrulhada em papel colorido. Emily cruza o olhar com o dela.

"Espero que essa fase passe logo", murmura Emily, com a voz cansada, entregando a caixa para Isabella em troca de Lily. Os olhos de Isabella se arregalam ao sentir um leve movimento dentro da caixa, e sua curiosidade aumenta.

Percebendo sua reação, Emily comenta. "Acho que você vai ganhar dois presentes hoje", antes de colocar outra caixinha menor sobre a primeira. "Os suprimentos que você precisará estão em cima da bancada da cozinha." Com um sorriso passageiro ela sai da sala, deixando Isabella sozinha com os presentes inesperados.

The Baby Seeker - 42

Cuidadosamente, Isabella deixa as caixas sobre a mesa de centro próxima e abre devagar aquela em que sentiu um movimento. Incerta se deveria ter medo, ela continua a deslizar a tampa enquanto ouve um som suave vindo de dentro. Finalmente, ela descobre que se trata de um gatinho minúsculo, malhado e com um laço vermelho no pescoço, aninhado dentro dela. Maravilhada com a adorável criatura à sua frente, ela sorri e se pergunta se filhotes de gatos deveriam ser tão pequenos, pois nunca tinha visto um tão de perto antes.

Quando o gatinho começa a miar baixinho, Isabella estende a mão para segurá-lo, sentindo suas garrinhas contra sua pele. Apesar de um momento de apreensão, ela logo percebe que o gatinho só quer brincar com seus dedos. Sem saber o que fazer em seguida, Isabella olha ao redor enquanto o animal se contorce em seus braços, ansioso para pular e brincar.

***

A luz da lua entra pela pequena janela do banheiro enquanto a chuva começa a cair forte lá fora. Isabella está ao lado de Daniel, de frente para o espelho, ajudando ele a escovar os dentes e garantindo que a escovação seja bem feita, como a mãe dele pediu. Ela não tem certeza se deve perguntar o que aconteceu quando Emily deu o gatinho para ele, então não toca no assunto.

"Daniel, você esqueceu sua língua, senhor! Se não escovar ela vai cair!" Isabella fala brincando, enquanto ele se prepara para correr para o quarto.

"Mas faz cócegas quando eu escovo minha língua", responde o menino com um sorriso, olhando para ela desconfiado. "E por que minha língua cairia se eu não escovar? Isso

não faz nenhum sentido", diz, espremendo mais pasta de dente na escova.

"Porque a língua é como os dentes. Se a gente não escova, ela escurece e cai", diz ela, fingindo seriedade.

"Não é não! Os dentes são duros como os ossos e a língua é um músculo. É diferente", retruca ele, todo seguro do que está dizendo.

Isabella tenta manter a cara séria, mas cai na gargalhada, e Daniel se junta a ela quando termina de escovar a língua.

Enquanto ri, Isabella vê algo de relance no espelho, quase como a sombra de alguém. Seu rosto muda da alegria para um leve estranhamento. Ela olha para trás, mas não vê nada. Daniel sai correndo do banheiro, deixando cair a toalha de rosto no chão, o que chama sua atenção de volta para ele. Ela rapidamente pega a toalha e a coloca de volta em seu lugar. Antes de apagar a luz e fechar a porta do banheiro, olha para trás mais uma vez, mas não vê nada.

Isabella segue Daniel, correndo de brincadeira e prometendo pegá-lo. Mas, de repente, o som dos passos dele para. Ela continua em sua direção e o encontra parado diante da porta entreaberta do quarto do casal. Seus olhos estão fixos em algo lá dentro.

Aproximando-se com cuidado, Isabella também espia pela fresta. Vê que ele está observando a mãe cuidando da irmãzinha com todo carinho. O berço fica bem ao lado da cama do casal. A expressão melancólica de Daniel revela seu desejo de receber o mesmo carinho da mãe.

Percebendo a intensidade de seu sentimento, Isabella tenta descontrair o clima. "Ei, eu sei que você acabou de escovar os dentes, mas sua mãe mencionou que comprou *cookies* para o seu café da manhã. E eu preciso admitir que nunca

comi um antes", diz ela, observando a reação dele. "Gostaria de se juntar a mim para um lanche da meia-noite? Bom, na verdade são 20h", diz ela, rindo e olhando para a tela trincada do celular, tentando trazer leveza ao momento.

***

Com o som suave da chuva caindo lá fora, Isabella e Daniel estão sentados no balcão da cozinha, comendo *cookies* enquanto tomam leite. Isabella decide tocar no assunto do novo gatinho.

"Ei, eu sei que você pareceu chateado quando sua mãe te deu o gatinho, mas acho que ela só estava tentando ser legal", ela começa cautelosamente, mas logo percebe a expressão dele se fechar de novo.

"Eu não quero ele", diz Daniel, interrompendo com firmeza, a voz cheia de frustração. "Eu não quero substituir a minha Luna. Não é justo. A gente acabou de colocar os cartazes; alguém pode ter visto e ela pode voltar logo. Se ela encontrar outro gatinho no lugar dela, vai ficar muito triste... Então não, eu não quero esse novo gato".

Isabella sente uma mensagem oculta nas palavras de Daniel, como se ele não estivesse apenas falando sobre o gato, mas também sobre como ele se sente em relação a si mesmo e à irmãzinha. Ela pensa bem antes de responder.

"Tudo bem, então eu posso ficar com ele?" pergunta com delicadeza. "Como te disse, eu nunca tive um bichinho de estimação. Minha irmã tem alergia de todo tipo, e... o gatinho já está no meu quarto. Eu não sabia o que fazer...", ela continua com um sorrisinho, esperando a reação dele. Ele faz que sim com a cabeça, aprovando. Isabella muda rapidamente de

assunto.

"Olha só, esta é a segunda cena de filme que estou vivendo agora", diz ela, tentando animar Daniel, que está com um semblante triste.

Ele a olha com aquela carinha engraçada de confuso. "Vocês não têm *cookies* no Brasil?" pergunta, curioso.

"Não... quer dizer, talvez. Na verdade, eu não sei. Só sei que nunca comi desse tipo. E não é só sobre os *cookies* em si. É o momento. Estar aqui, no meio da noite, tomando leite e comendo os *cookies* com meu melhor amigo. Parece cena dos filmes que eu assistia quando era criança", diz ela de forma carinhosa.

Daniel para e olha para ela por um momento. "Eu sou seu melhor amigo?" ele pergunta, tentando esconder a empolgação.

"É claro que você é! E sabe de uma coisa? Você aceita ser meu parceiro americano e criar mais algumas cenas de filmes na vida real comigo?" ela pergunta, sorrindo de orelha a orelha, tentando convencê-lo a dizer sim.

Daniel ri, "Bel! Você também está sendo promovida hoje à minha Melhor Amiga. Na verdade, eu nunca tive uma antes...", ele pensa enquanto fala.

"Ah não se preocupe. Vou ser a melhor das melhores e isso vai compensar todo o tempo em que você não teve um melhor amigo", diz ela, começando a cutucá-lo de brincadeira. Os dois começam a rir.

Enquanto compartilham aquele momento especial, o pai de Daniel, Martin, e o irmão mais velho, Michael, chegam em casa. Daniel se ilumina de alegria, corre até o pai, que o abraça com carinho, visivelmente cansado.

"Pai, eu e a Isabella fizemos alguns desenhos da Luna

e saímos para pendurar eles na vizinhança, porque já faz sete dias que ela sumiu e ainda não voltou para casa. Sinto falta dela e tenho medo de que algo tenha acontecido com ela. Enquanto a gente estava lá fora, conhecemos nossa vizinha nova. Ela é muito bonita e agora estamos comendo *cookies*, porque a Isabella nunca comeu *cookies* assim antes. Ela só viu eles nos filmes e eu serei o parceiro dela para ajudar a fazer coisas que ela só viu nos filmes", Ele fala tudo de uma vez só, perdendo o fôlego. Parece um momento raro para Daniel, que aproveita toda oportunidade de informar o pai sobre cada detalhe do seu dia.

O pai interrompe, rindo. "Calma, campeão, você vai desmaiar. Respire fundo."

Daniel respira, obediente.

"Parece que vocês tiveram um dia agitado", continua Martin, colocando algumas caixas de remédios sobre a mesa. Isabella percebe que as caixas estão etiquetadas para Emily.

"Que tal amanhã de manhã, antes de eu ir para o trabalho jogarmos um pouco de futebol e aí você termina de me contar tudo? Agora, eu realmente preciso de um banho quente", diz ele, enquanto bagunça o cabelo de Daniel e dá boa noite a todos antes de se retirar.

O menino, um pouco frustrado, senta-se novamente ao lado da *au pair* e continua a comer mais alguns *cookies*.

Enquanto isso, Michael esquenta no microondas a comida que trouxe de um restaurante. Isabella e ele trocam alguns olhares discretos, com um clima leve de flerte. Ela tímida tenta se concentrar e voltar para realidade.

"*Okay*, senhor Daniel, chega de *cookies*. Você já deveria estar na cama", diz ela, tentando parecer responsável.

Com um sorriso sapeca, Daniel sai correndo, enquanto

Isabella limpa os farelos dos *cookies*. Michael está sentado no balcão da cozinha comendo sua refeição requentada. Isabella sente o silêncio entre eles aumentar até que Michael o rompe.

"Não me lembro da última vez que vi o Daniel assim, tão feliz. Ele é um garoto inteligente, mas muito tímido. Obrigado por ser paciente com ele", diz gentilmente.

Ela é pega de surpresa. Fica nervosa, esquece o inglês, esquece o português, sente o coração batendo tão rápido que parece que vai sair pelos ouvidos. Tudo o que consegue fazer é sorrir e acenar antes de sair da cozinha apressada, sem olhar para trás.

A caminho do quarto de Daniel, Isabella começa a discutir consigo mesma, se xingando mentalmente por não ter conseguido dizer nem "obrigada". Simplesmente se odiando naquele momento. Mas ao ver a sombra de Daniel no corredor, os pensamentos param.

"Estou te vendo e vou te pegar...", diz brincando enquanto caminha em direção à sombra. Daniel a surpreende pulando por trás e dá um susto nela como nunca antes. Ela olha pra ele, tentando se situar, e depois olha de novo para onde estava a sombra, mas não tem mais nada ali. Ainda confusa, tenta ignorar a sensação estranha enquanto os dois seguem juntos para o quarto.

***

Isabella está sentada em seu quarto, com o olhar fixo na bela vista através do vidro da janela fechada, mas sua mente está longe dali, perdida no labirinto de memórias esquecidas. O tique-taque rítmico do relógio ao lado de sua cama e o barulho distante das ondas do mar formam uma sinfonia única.

Banhada pelo brilho da luz da lua, sua expressão permanece enigmática enquanto ela escreve em seu diário.

Já faz uma semana que estou aqui, vivendo essa vida como se não tivesse tido uma antes. Foi assim que você se sentiu? Ainda não consigo dizer se é uma bênção ou uma maldição, mas como esperado, não sinto falta da minha vida antiga. Daniel finalmente está se abrindo comigo. Ele é um menino tão doce e inteligente, não entendo porque Emily é tão dura com ele às vezes. Isso me dói, você sabe como me sinto. Hoje, fomos procurar pela gatinha perdida dele, e eu andei pelo bairro pela primeira vez. Tudo é tão diferente, desde o som dos meus passos tocando o chão até os corvos voando acima. Eles parecem nos julgar e me assustam. E curiosamente, no meio de todas essas sensações desconhecidas, um cheiro familiar apareceu no ar, o perfume leve e doce da minha flor preferida, peônia. Você costumava me chamar assim, lembra? A peônia estava no cabelo de uma vizinha linda que acabou de se mudar para cá. Até o jeito como se movia era lindo, como se ela se movesse em uma coreografia perfeita. Parece muito gentil também. O nome dela é Agatha, ela me deu a peônia que estava no seu cabelo. Acho que ela tem mais ou menos a minha idade, talvez um pouco mais velha, mas não porque parece velha, mas porque parece muito mais organizada do que eu. Morando sozinha em uma mansão como aquela. Mas enfim, seria tão legal se a gente virasse amiga.

Isabella se distrai um pouco quando o gatinho, que estava dormindo em seu travesseiro, começa a morder seus dedos do pé. Ela sorri e brinca com ele com os dedos.

"Você deve estar com muita fome, né, sua coisinha linda. Eu nem sei se você é um menino ou uma menina." murmura, ouvindo seus miadinhos. Ela não consegue deixar de pensar como é que já se apaixonou por essa criatura tão pequena em tão pouco tempo. "Deixa eu só terminar aqui e já pego uma comidinha pra você", diz, acariciando suavemente a cabeça do gatinho antes de voltar ao seu diário.

Ah! Eu também acabei de ganhar um gatinho! Foi uma linda surpresa. Não sei muito bem como cuidar de um gato, mas estou animada para tentar. Ainda não pensei em nomes, mas é a coisa mais fofa do mundo. Queria tanto que tu pudesse vê-lo. Enfim, só quero te contar mais uma coisa, que provavelmente não vai gostar de saber, mas o Michael falou comigo hoje e eu provavelmente pareci uma idiota porque simplesmente congelei. Não sabia o que dizer, só senti meu estômago adormecer, e esse adormecimento começou a se espalhar até atingir minha língua. É assim que você se sente quando gosta de alguém? Sei lá, só me lembro de quando tinha uns 10 anos, e eu senti cócegas quando o primo Miguel tocou as minhas costas enquanto a gente brincava de esconde-esconde. Isso é meio nojento, ele é meu primo, mas foi a única vez que senti alguém fazer meu corpo sentir algo estranho. Nem sei por que estou dizendo isso para você, talvez eu esteja me sentindo um pouco sozinha. Tentei ligar para a Nathalia, mas ela não atendeu a ligação. Enfim, por favor, não fique bravo. Eu te amo!
14 de Março, de 2004

Ela desvia os olhos para o gatinho, que agora está enrolado em cima de seus pés, expondo sua barriga. Isabella sorri mais uma vez e se levanta da cadeira, com os olhos fixos na delicada peônia que está sobre a escrivaninha. O gatinho vai atrás dela, e Isabella ergue a flor até o nariz e a cheira com carinho, como se quisesse guardar o perfume dentro do peito. À medida que o aroma envolve seus sentidos, seus olhos começam a se fechar, transportando-a para um passado distante. Por apenas um momento, ela se perde no tempo. As tentativas do gatinho de subir em suas calças trazem Isabella de volta à realidade.

Ela abre os olhos devagar, coloca a peônia entre as páginas do diário e o fecha com cuidado, selando ali tudo o que sentia. Ela desliza o diário de volta para a escrivaninha, alinhando-o precisamente com a borda.

"Ok, agora sou toda sua", diz, pegando o gatinho nos braços, já se acostumando com os pequenos arranhões de suas garrinhas. Ela pega o saco de papel marrom que Emily havia deixado na cozinha com suprimentos para ele. Ao lado, a pequena caixa branca, outro presente de Emily.

"Nossa! Eu quase tinha me esquecido desse", ela fala para si mesma. O gatinho responde com um miado mais alto, como se quisesse alguma coisa. "Tudo bem, vamos começar com seu saquinho primeiro."

Ela abre a sacola e encontra duas tigelas, ração, uma caixinha plástica e um saco de areia. Monta tudo no chão, colocando água e comida para o pequeno faminto. Depois, vai até o banheiro e posiciona a caixinha ao lado do vaso sanitário.

De volta à cama, Isabella pega a caixa branca e, com dificuldade para abrir a embalagem, arranca o plástico com os dentes. Finalmente, consegue abrir a caixa e, para sua surpresa, dentro tem um celular novinho! Impressionada com os presentes inesperados, ela fica momentaneamente sem palavras, sentindo-se como se tivesse entrado em um sonho onde seus desejos mais profundos estão se materializando diante de seus olhos.

Ligando rapidamente o celular, Isabella tira do bolso o antigo, com a tela trincada, e começa a configurar o novo dispositivo. Ela não tem muitos dados no celular velho, o que torna o processo de configuração do novo mais rápido e direto.

Ela abre a câmera do celular novo e aponta para o gatinho, que havia devorado vorazmente quase toda a comida em sua tigela. "Nossa, eu não sabia que você estava com tanta fome. Desculpa, pequenininho", diz com delicadeza, capturando o momento com uma foto. Ela olha para a foto por um momento, com o coração cheio de felicidade, antes de voltar sua atenção para ele. "Uau, você comeu tanto que provavelmente vai precisar usar o banheiro em breve. Sua caixinha está bem ali, okay? Se você precisar ir", ela diz para o gatinho como se

ele a entendesse.

Ao voltar para a cama, ela alonga os braços para cima e se deita. Isabella se encolhe sob o cobertor quente e pesado. O gatinho a segue até a cama logo em seguida, deitando-se ao lado dela com a barriga cheia e pronto para descansar.

Na medida em que suas pálpebras ficam mais pesadas e se fecham, um cheiro estranho invade o ar e ela rapidamente reabre os olhos. Isabella enruga o nariz em repulsa, com seus sentidos em alerta máximo enquanto procura a fonte do cheiro desagradável. Ela move o cobertor e os travesseiros de um lado para o outro, imaginando se o pequeno animal havia defecado por perto. Mas o cheiro parecia fugir de seu alcance, escapando por entre seus dedos como fumaça ao vento, como se não quisesse ser descoberto. Ela olha para o gatinho dormindo profundamente ao seu lado.

Frustrada, levanta-se da cama e atravessa o quarto em direção à janela. Com as mãos trêmulas de tanto prender a respiração, ela a abre, convidando o ar fresco da noite a entrar no quarto. Mas quando a brisa gelada sussurra contra sua pele, um arrepio diferente de qualquer outro percorre seu corpo. Um medo irracional toma conta dela, e ela não entende por quê. Com um impulso, volta correndo pra cama e se cobre, o coração acelerado.

Sozinha na escuridão, ela permanece acordada, com os sentidos em alerta máximo, como se esperasse que o desconhecido se revelasse. No entanto, a noite permanece silenciosa e apenas o tique-taque do relógio e o som das ondas do mar ainda tocam sua sinfonia harmônica.

De repente, Isabella está de volta ao corredor escuro da casa, brincando de esconde-esconde com Daniel. Enquanto ela corre atrás dele, a risada do menino ecoa pelas sombras.

Ela o vê virar à direita, em direção ao corredor onde Emily pediu que eles não fossem. Quando Isabella vê Daniel desaparecer nas profundezas do corredor sombrio, a tensão deixa o ar denso, e um medo visceral acelera seu coração. O clima fica cada vez mais sinistro e as paredes parecem pulsar como veias malignas. Isabella tenta alcançar Daniel, mas, enquanto corre, não consegue enxergar o fim dos corredores. Seu coração agora bate tão forte como se fosse explodir em seu peito. Ela para por um segundo para recuperar o fôlego e decide olhar para trás, pois sente que algo está atrás dela. Como não vê ninguém, volta para perseguir Daniel, mas se vê presa em uma versão distorcida da casa da sua *host family*, com o ambiente familiar transformado em um labirinto assustador.

Tudo o que se vê é escuridão, como se tivesse vida própria. Então, a figura de Daniel sai das sombras e a convida a segui-lo mais profundamente no labirinto. Um aperto se forma em seu estômago, seus instintos gritam para que fuja, mas o mistério do desconhecido a atrai. Seus passos ecoam de forma sombria no silêncio opressor. Risos infantis preenchem o ar, mas vão se transformando em sons demoníacos à medida que ela caminha mais para dentro da escuridão, enchendo-a de medo por sua própria alma. Ela decide voltar, se vira e corre como nunca antes, e cada passo parece um mergulho na loucura, enquanto a escuridão a envolve com seu abraço sufocante.

Isabella acorda das garras do pesadelo. O peito sobe e desce em respirações ofegantes, e o coração bate descompassado, como se quisesse escapar de dentro do peito. Ao examinar freneticamente os arredores, ela encontra conforto ao ver que seu gatinho dorme tranquilamente ao seu lado. Ofegante, ela vai à janela, seu corpo deseja o abraço fresco do ar noturno. Ela inspira profundamente, o sopro gelado enche seus pulmões

como um bálsamo. Encostada no parapeito da janela, permanece ali como se estivesse tentando retomar o ar após uma longa corrida.

Afastando-se da janela, ela se dirige à escrivaninha, com as mãos trêmulas pega o novo celular e volta para a cama. A luz da tela ilumina seu rosto no quarto escuro. São 3h43 da manhã. Isabella desliza o dedo pela lista de contatos até que seus olhos param no número da mãe.

E por um breve instante, ela considera a ideia de ligar, só para ouvir a voz da mãe. Mas, mais profundamente, uma sensação familiar de apreensão a invade. Ela ainda se sente presa na teia materna e é exatamente assim que ela quer que Isabella se sinta, como disse em suas últimas palavras gravadas antes de sair de casa. Com um suspiro profundo, deixa o celular de lado, se rendendo à solidão dos próprios pensamentos. Movendo-se para perto do seu gatinho, puxa o cobertor pesado sobre os dois, e fecha os olhos, enquanto faz uma oração silenciosa por paz.

CAPÍTULO

03

A luz da manhã atravessa as cortinas da cozinha, dando ao ambiente um brilho suave. As paredes escuras parecem incomodadas com tanta claridade.

Isabella está em pé perto da janela, tomando café e olhando para Martin e Daniel, que jogam futebol americano lá fora. Um leve sorriso aparece em seu rosto cansado. De repente, Michael entra na cozinha, fazendo Isabella quase se engasgar.

"Wow, você está bem?", pergunta Michael, preocupado.

Com as bochechas vermelhas, ela responde rápido.

"Sim! Só me distraí olhando para eles".

Michael se junta a ela perto da janela e Isabella nota um sorriso quando ele olha para o pai e o irmão juntos. Ela tenta reunir força interior para conversar com ele, mas sua mente está acelerada. No momento em que está prestes a abrir a boca para falar, Emily entra na cozinha com a bebê Lily nos braços e a entrega para Isabella. Michael se afasta e vai até a máquina de café e enche sua caneca. A aparência de cansaço de Emily se assemelha à de Isabella, seus olhos denunciam as poucas horas de sono, e algumas mechas de cabelo oleoso caem ao redor do rosto.

Isabella olha para a aparência abatida de Emily, sentindo uma mistura de preocupação e dúvida, sem saber se seria apropriado perguntar se está tudo bem. Ela decide ficar quieta. Emily caminha rapidamente até a porta da cozinha, que dá para o quintal. Então, com um tom autoritário, grita para Martin e Daniel entrarem.

Michael, sentado no canto do balcão da cozinha com seu café, franze a testa, confuso, por causa da ordem repentina de Emily. Sua expressão de estranhamento reflete a mesma incerteza que toma conta dos pensamentos de Isabella.

Martin se aproxima da porta como se estivesse tentando controlar cada um de seus passos. Ele se agacha para tirar os sapatos. Daniel, cheio de energia, corre para dentro, o rosto vermelho de tanto correr. Isabella, em um gesto silencioso, oferece ao menino um copo de água.

"Ótimo, agora que todos estão aqui", começa Emily, a voz apressada com um toque de desespero, "só queria dizer que sou realmente grata a cada um de vocês." Suas palavras ficam suspensas no ar, carregadas de uma sensação de inquietação que parece tomar conta da cozinha. "Acho que deveríamos passar mais tempo juntos em família", ela acrescenta, finalmente dizendo o que estava tão ansiosa para compartilhar.

Martin olha para ela, sem saber como responder. "Eu estava neste exato momento brincando com o nosso filho no jardim", diz ele, tentando encontrar uma resposta. Sua primeira reação é buscar justificativas. Michael e Isabella observam, sentindo a tensão estranha que preenche o ambiente.

"Quero dizer, todos nós, Martin. Você sabe o que quero dizer, eu sei que você entende", a voz de Emily tem um tom que deixa Martin desconfortável.

Martin se mexe, demonstrando-se incomodado, seus movimentos evidenciam o caos que sente por dentro. As palavras de Emily parecem tocar uma ferida que havia sido esquecida, reaberta agora com muita dor. "Tá bom, então, o que você sugere? Eu preciso ir para o hospital em uma hora, mas amanhã estarei livre, e Michael também."

"Bom, eu já tenho planos para amanhã, então não contem comigo para onde vocês forem", declara Michael, com um tom firme.

Enquanto ele fala, a agitação de Emily se torna mais visível. Ela começa a andar de um lado para o outro, seus movimentos agitados e frenéticos, como se algo dentro dela estivesse prestes a explodir, ameaçando tomar conta de tudo.

"Está vendo, Martin? Por que ele sempre tem que estragar tudo...?" A voz de Emily se enfraquece, suas mãos tremem enquanto ela as pressiona contra o rosto, como se a exaustão finalmente tivesse vencido.

Michael se volta para o pai, um olhar silencioso de

pedido e compreensão nos olhos. Martin percebe o olhar do filho e, sem trocar uma palavra, eles se entendem.

Isabella sente que está invadindo algo que não deveria, como se estivesse no meio de um momento que deveria ser vivido apenas pela família. Mesmo com o impulso de sair da sala, ela fica parada, presa pela tensão no ar. Ao seu lado, Daniel agarra com força a barra de sua camisa, como se buscasse consolo e segurança na sua presença.

O silêncio se intensifica, ampliando o desconforto, enquanto o olhar de Martin permanece fixo no filho, uma troca silenciosa entre eles carregada de palavras não ditas e verdades ocultas. Finalmente, Martin se volta para Emily, quebrando o silêncio sufocante que os envolvia como uma camisa de força.

"*Honey*, tenho certeza de que o Michael adoraria se juntar a nós, onde quer que você queira planejar. Você tem algo em mente?" As palavras de Martin, escolhidas com cuidado.

As mãos de Emily tremem quando as retira do rosto, revelando marcas vermelhas na pele deixadas pela pressão. Seus olhos também refletem o tumulto interno, brilhando com lágrimas não derramadas, enquanto ela se segura antes de finalmente falar.

"A partir de amanhã, começaremos a frequentar a igreja todos os domingos em família", ela anuncia, a voz trêmula, como se nem ela mesma tivesse certeza do que estava dizendo.

A risada de Michael toma conta antes que ela possa continuar, gerando ainda mais desconforto neste momento de tensão. "Do que você está falando? Você nem sequer acredita em Deus! Na verdade, eu me lembro de ouvir você fazendo chacota Dele muitas vezes, especialmente quando mais precisávamos de ajuda!" ele rebate, com incredulidade escancarada no tom.

A tensão cresce, como se Michael, sem querer, tivesse tocado num assunto proibido na família. O silêncio paira no ar, cada um deles lidando com seus próprios pensamentos e emoções, até que Daniel aproveita a chance para romper o intervalo perturbador.

"Eu li o livro Dele e parece ser muito bom", diz, suas palavras cheias de uma esperança silenciosa pela aprovação da mãe.

Todos os olhares se voltam para o menino, mas é Michael quem faz a pergunta que está na mente de todos.

"O quê? Que livro, Daniel?" Michael pergunta, confuso.

Daniel continua, orgulhoso. "Se chama Bíblia. A mamãe me deu faz alguns meses. Parece ser realmente o que devemos seguir." O entusiasmo de Daniel ecoa por um segundo, mas logo é engolido pelo silêncio desconfortável.

Martin olha novamente para Emily, o olhar cheio de confusão e preocupação.

"*Honey*, o Michael tem razão", começa Martin, com um tom mais calmo. "Você nunca demonstrou muito interesse em religião e agora está dando uma Bíblia ao nosso filho e sugerindo que devemos ir à igreja. É uma mudança bem drástica."

Os olhos de Emily, vermelhos e cheios de tensão, ficam fixos nos de Martin, parecendo pulsar como se pudessem explodir a qualquer momento. Ela não responde, e ele continua.

"...mas, se for isso o que precisamos agora, então o faremos". Suas palavras são cuidadosas, como se ele já tivesse pisado em ovos com Emily muitas vezes antes. Ele se inclina e beija sua testa antes de sair para se arrumar para o trabalho. Michael, em silêncio, se levanta e sai logo depois, deixando Isabella e as crianças a sós com Emily.

Isabella, sem jeito, observa Emily, que continua a encarar a parede como se Martin ainda estivesse ali. Ela não queria estar no meio de assuntos de família, muito menos se envolvessem igreja, mas também não teve coragem de dizer nada. O choro inquieto da bebê Lily corta o silêncio e parece tirar Emily do transe. Ela se vira e caminha até Isabella.

"Vamos precisar que você venha conosco amanhã", diz, sem olhar nos olhos dela, a voz seca, sem emoção. Depois passa direto e vai até a sala. Deita-se no sofá de couro escuro e cobre o rosto com uma almofada. Isabella permanece parada, apenas acompanhando-a com os olhos.

Em meio à calmaria que restou na cozinha suavemente iluminada, a voz de Daniel irrompe como um trovão inesperado. "Ah que emocionante!" diz, os olhos brilhando com entusiasmo infantil.

Isabella se vira para ele, surpresa e curiosa. "O que é que é emocionante?"

"A gente vai na igreja amanhã. Eu nunca fui em uma. Fico pensando como vai ser," responde Daniel, com um encanto inocente. Isabella sorri apenas com o canto da boca enquanto pega uma caixa de cereal na despensa para ele. Ela não diz nada, porém, no fundo, uma dúvida inquieta começa a crescer dentro dela. *Será que essa decisão repentina de ir à igreja tem algo a ver com a sua mãe?* Isabella sabe que é impossível, mas o pensamento insiste em permanecer.

Quando ela abre a geladeira para pegar leite para o cereal do menino, percebe Martin se aproximando da esposa no sofá, seus movimentos são discretos, como quem planeja um golpe. Ele se inclina e diz algo em seu ouvido enquanto lhe entrega um copo de água, esperando ao seu lado para que ela beba tudo. Um incômodo cresce dentro de Isabella, como se

estivesse presenciando uma cena de seu próprio passado.

Com uma despedida rápida, Martin sai apressado, seguido por Michael. Isabella vai até a janela e observa o carro deles desaparecer na distância.

***

O chão úmido está coberto por folhas marrons misturadas com lama e poças de água deixadas pela chuva recente. O céu, tomado por nuvens cinzentas, impede a passagem dos raios do sol.

Uma brisa fria corta o ar, mas Daniel não se incomoda. Sua risada abafa o barulho do vento nas folhas enquanto ele se impulsiona cada vez mais alto no balanço do parquinho do quintal da casa. O azul vibrante dos brinquedos perdeu o brilho e as superfícies foram corroídas pela ferrugem e marcas causadas pelo tempo. Cada vez que ele balança para frente e para trás, as juntas de metal rangem de forma inquietante e destoam do som suave das ondas do mar quebrando nas rochas próximas dali.

Isabella está sentada no balanço ao lado de Daniel, o ritmo lento do seu embalo faz com que suas pálpebras fiquem mais pesadas, graças à noite quase sem dormir. A única coisa que a mantém acordada é a visão fixa em uma folha marrom imensa perto de seus pés, cujo tamanho e aparência captam sua atenção. Uma delicada rede fina de veios atravessa sua superfície, lembrando veias que um dia pulsaram com vida. Isabella sente que a folha está como ela, com a vida escapando aos poucos.

Como se despertasse de um transe, Isabella ouve uma voz chamando seu nome de longe. Lentamente, seus sentidos começam a voltar, até que ela finalmente reconhece a voz de Daniel. Ela o encara por um instante, como se estivesse mesmo acordando de um cochilo de olhos abertos.

"O quê foi? Desculpa, minha cabeça estava em outro lugar", diz Isabella, tentando afastar o sono que quase a consome.

Ele repete o que tinha acabado de dizer, agora mais baixo, como se estivesse compartilhando um segredo. "Eu disse que não sabia que minha mãe agora é amiga da nova vizinha." Daniel diminui o ritmo do balanço e olha fixamente para o estúdio de arte da mãe, de onde Agatha saiu conversando com ela. A expressão dele se esvazia, e Isabella percebe uma estranheza escondida no tom da voz. "Minha mãe nunca deixa ninguém entrar no estúdio dela...", ele continua.

"Ah, mas é bom ela fazer novas amizades," diz Isabella, tentando animá-lo, e dá um leve tapinha no braço dele com um sorriso. "Todo mundo merece uma amizade como a nossa."

"É... acho que sim," responde Daniel, ainda com os olhos grudados em Agatha e Emily. Os dois observam enquanto as mulheres se despedem, Emily volta para dentro do ateliê, e Agatha começa a caminhar na direção deles. "Eu só sei de uma coisa... não gosto dela," ele sussurra, quase imperceptível.

Isabella ouve, mas antes que consiga dizer qualquer coisa, Agatha já está parada bem na frente deles. Sua aparência está impecável, e o sorriso que exibe parece forte o bastante para ofuscar até o sol naquele momento.

"Olá para os dois. Estão aproveitando o dia?", cumprimenta Agatha, tentando soar amigável. Daniel, no entanto, permanece sério e rapidamente corre para dentro de casa. "Está tudo bem com ele?" pergunta Agatha, com um tom de preocupação.

"Sim. Ele só está com fome, só isso", responde Isabella com um sorriso.

"Ah, compreendo. Falando nisso... caso algum dia deseje conversar com adultos, em vez de só com crianças, sinta-se à vontade para passar lá em casa. Podemos compartilhar algo para comer e, quem sabe, uma taça de vinho. Fica a seu critério, claro," convida Agatha, com um charme sereno.

"Obrigada. Você é muito gentil", diz Isabella, sorrindo, um pouco surpresa com o convite.

Agatha então repara no carrinho de bebê. "E onde está a pequena Lily? Seria possível vê-la antes que eu vá? Essa bebê é uma preciosidade."

"Claro. Ela tá dormindo, mas deve acordar logo," responde Isabella, levantando-se do balanço e caminhando com a vizinha até o carrinho.

Com delicadeza, ela levanta um pouco a mantinha para que Agatha possa ver Lily, dormindo tranquilamente.

Ela olha para o bebê e abre um sorriso largo, o que, para Isabella, parece um pouco estranho. Percebendo o olhar dela, Agatha se antecipa, "Me desculpe, às vezes eu exagero na reação com bebês..."

Ela faz uma pausa e continua, com a voz um pouco mais baixa, "...eu não posso ter filhos." Ao admitir isso, sua expressão muda, e ela revela uma emoção contida.

"Poxa, eu sinto muito", responde Isabella, tentando soar o mais empática possível.

"Não se preocupe. Já aceitei que terei de me contentar em roubar os filhos das minhas amigas," diz Agatha com um sorriso espirituoso, tentando mascarar a tristeza com humor.

Isabella ainda acha o comentário um tanto incomum,

mas compreende que cada um encontra suas próprias formas para lidar com a dor.

***

Isabella está diante do espelho do banheiro, com a frustração estampada no rosto enquanto tenta arrumar os cabelos. Seu gatinho anda sobre a bancada da pia, e com a pata, bate na escova, fazendo-a cair no chão. Irritada, ela pega a escova com a mão direita e, com a esquerda, segura a ponta da trança francesa que ficou pela metade. Repleto de energia, ele insiste em brincar com os objetos na bancada, derrubando um batom. Com um suspiro cansado, ela pega o bichinho no colo e o coloca para fora do banheiro, fechando a porta logo em seguida. De volta ao espelho, ela percebe que vários fios já escaparam da trança. Ficando mais frustrada, ela impulsivamente desfaz todo o penteado. As lágrimas vêm, silenciosas, um desabafo que vai muito além do cabelo desfeito. São memórias, mágoas e traumas antigos que voltam à tona, pesando em cada gota que escorre pelo rosto.

Isabella fica com pena quando ouve os miados do seu gatinho do outro lado da porta. Ela se encara no espelho, respira fundo e se recompõe, segue até a porta do banheiro e abre. O animalzinho entra correndo, como se quisesse consolá-la, ele se roça nas pernas dela, percebendo sua tristeza. Isabella se agacha, e pega o gatinho em seus braços.

"Desculpa, meu pequenininho," murmura com a voz embargada, enquanto as lágrimas ainda marcam seu rosto.

Uma batida na porta a assusta. Apressada, Isabella enxuga o rosto. "Quem é".

"Sou eu, Daniel", responde a voz do outro lado.

"Pode entrar, já estou quase pronta", ela responde de dentro do banheiro, com a voz trêmula.

O menino entra no quarto suavemente iluminado, com a luz do sol filtrando pelas cortinas. Ele começa a observar o ambiente com curiosidade, até que o gatinho corre até ele, querendo brincar. Daniel hesita por um instante, olhando o bichinho com desconfiança, mas não resiste. Um sorriso tímido surge em seu rosto enquanto ele se senta no chão para brincar com o filhote.

"Mamãe e papai disseram que ainda temos 15 minutos", diz, levantando um pouco a voz para que Isabella o ouça do banheiro.

"*Okay*, é tudo o que preciso", ela responde, com a voz aliviada.

Daniel estende a mão, provocando o gatinho. "Já deu um nome para ela?" Ele pergunta com os olhos brilhando de curiosidade. Isabella sai do banheiro rindo, e se junta a Daniel no chão.

"Eu não sabia que era uma menina." Confessa rindo.

Ao observar a interação de Daniel com a gatinha, ela sente uma pontada de apreensão no peito. "Você quer ela de volta?" pergunta com delicadeza, embora a simples ideia de se separar da gatinha já apertasse seu coração.

"Não, ela é sua", ele responde, sorrindo. "Mas não deixa ela sair de casa, tá? Não quero que você fique triste como eu fiquei", acrescenta ele, com uma mudança de expressão.

O sorriso de Isabella se desfaz por um instante, mas logo retorna ao rosto. "Pode deixar", responde, "Mas acho que ela ia adorar se você viesse brincar com ela de vez em quando." Ele concorda com a cabeça, sorrindo, enquanto esfrega a barriga da gatinha. Os dois então ouvem Martin chamando o nome deles do andar de baixo.

***

Isabella está sentada na última fileira da igreja, segurando a bebê Lily no colo. Emily, Martin, Michael e Daniel estão sentados algumas fileiras à frente. O padre faz seu sermão, sua voz ecoa pela igreja cheia.

"Meus queridos amigos, vivemos em um mundo onde as forças das trevas procuram minar os propósitos de Deus e nos desviar de Sua verdade. O demônio ronda como um leão que ruge, procurando alguém para devorar. Mas tenham coragem, pois servimos a um Deus maior, um Deus que já triunfou sobre os poderes das trevas por meio da vitória de seu Filho, Jesus Cristo..."

Apesar do clima tranquilo, o rosto de Isabella carrega o peso de um passado que ela tenta esquecer. A igreja é o último lugar onde ela gostaria de estar, seus olhos percorrem o ambiente, tentando se distrair das palavras do padre. Ela não consegue deixar de reparar os detalhes do interior da igreja. Os vitrais lançam reflexos coloridos sobre os bancos de madeira encerada e pinturas decoram as paredes, mostrando cenas bíblicas com cores vivas e pinceladas complexas.

Acima deles, o teto alto e curvado é coberto de detalhes esculpidos e pinturas delicadas que parecem olhar para as pessoas logo abaixo. A luz das velas tremendo criam sombras que dançam de um lado para o outro, contribuindo ainda mais para o ar místico do local.

Enquanto observa tudo, o olhar de Isabella cruza rapidamente com o de Michael. Ele faz uma careta engraçada para ela e para Lily, arrancando um sorriso tímido dela, que desvia o olhar, envergonhada. Martin dá um leve cutucão no filho, e Michael volta a olhar para frente. Por um instante, Isabella foca o olhar no padre, sem saber muito bem onde mais mirar.

"...**A submissão a Deus não é um sinal de fraqueza, mas sim uma postura de humildade e confiança...**"

Isabella percebe que Emily se mexe como se algo dentro de seu corpo estivesse causando incômodo.

"...**Eu me lembro da poderosa verdade encontrada em Tiago 4:7, onde somos chamados a 'submeter-se, portanto, a Deus...**". Enquanto o sermão do padre continua, o desconforto de Emily parece aumentar, e Isabella é a única que parece notar. De repente, Emily se inclina para frente, o rosto pálido e tomado por uma expressão de agonia. "...**Resista ao diabo, e ele fugirá de você. Essas palavras têm um significado profundo para nós que acreditamos...**"

Antes que o padre consiga terminar a frase, Emily começa a vomitar violentamente bem no meio do corredor da igreja, deixando todos ao redor chocados. O pânico e a confusão se espalham. Algumas pessoas se levantam, murmurando em voz baixa que Emily está possuída por um demônio. Isabella se levanta, mas mesmo assim não consegue ver nada, todos à sua frente são mais altos. Ela olha ao redor, cercada por rostos apavorados e sussurros que se multiplicam entre bocas curiosas e fofoqueiras. Sua respiração fica ofegante enquanto tenta sair do meio da multidão. O coração dispara no peito, a bebê Lily começa a chorar desesperadamente em seus braços, no meio do caos.

CAPÍTULO

04

Uma calma inquietante envolve a sala de estar. Com o brilho da televisão projetando sombras tremeluzentes pelas paredes. Emily está sentada, imóvel, com o olhar vazio fixo na tela, parecendo perdida em pensamentos distantes. Olheiras profundas marcam seu rosto cansado.

Da cozinha, Isabella observa de longe, dividindo a atenção entre as crianças almoçando e os olhares que lança em direção à mulher na sala. Ela observa quando Martin se aproxima, carregando um frasco laranja de remédios, igual ao que ela havia visto dias antes com o nome da *host mom* no rótulo.

Com cuidado, ele abre o frasco e leva o medicamento até a boca da esposa como se ela fosse uma criança. Em seguida, entrega um copo de água e se certifica de que ela engole tudo. Isabella sente um desconforto crescente ao presenciar a cena. Martin então se senta ao lado de Emily e murmura algo em seu ouvido.

Os gritinhos agudos de Lily tiram Isabella de seu quase transe enquanto ela observava, quase sem piscar, o casal na sala. Ao seu lado, Daniel brinca com a colher, empurrando o arroz com feijão no prato, sem muita vontade de comer. Do outro lado, na cadeirinha, Lily se diverte a cada colherada do arroz amassado com feijão. No silêncio que paira sobre a casa, apenas a voz da bebê preenche o ambiente tenso com sua inocência. De repente, a campainha toca, cortando a falsa tranquilidade.

Martin vai até a porta, olha pelo olho mágico e, hesitante, abre a porta. Do lado de fora, Agatha segura uma torta e sua expressão de preocupada no rosto a deixa ainda mais linda! Cauteloso, Martin tenta esconder a surpresa discretamente.

"Olá, sou Agatha, sua nova vizinha", diz ela, estendendo a mão para cumprimentá-lo. "Sou amiga da Emily, mas ainda não tivemos a oportunidade de nos conhecer pessoalmente", continua ela.

Martin aperta a mão dela com uma expressão cansada. "Prazer, Martin".

A preocupação no semblante de Agatha é visível quando ela continua, "Lamento conhecê-lo sob tais circunstâncias, mas confesso que estou um tanto apreensiva com a situação da Emily. Espero, sinceramente, que não seja tão grave quanto os rumores que têm circulado pela cidade..."

Antes que ela possa concluir, Martin a interrompe com uma risada irônica. "Que ótimo, agora somos o assunto da cidade!", exclama, frustrado. "E o que exatamente estão dizendo?", pergunta ele, agora preocupado com a reputação da família.

Observando de longe, Isabella não sabe como interpretar a expressão de Agatha, sem ter certeza se ela reflete uma preocupação genuína ou apenas um desejo de espalhar fofocas.

"Não há com o que se preocupar, apenas exageros de alguns fanáticos religiosos", responde Agatha com desdém.

"Por favor, me diga, para eu saber o que vou ter que enfrentar amanhã no trabalho", Martin insiste em tom alterado.

Ela faz uma pausa de propósito antes de responder, usando um tom sombrio. "Bem... há quem diga que ela esteja... acometida por alguma força obscura. Possuída por algum demônio, talvez. Chegaram até a murmurar que um exorcismo poderia ser necessário..."

Enquanto escuta, os olhos de Martin se arregalam, cheios de descrença. "Isso é loucura, ela só teve uma intoxicação alimentar ou algo assim. Essas pessoas são loucas!", exclama ele, sem acreditar.

"É exatamente o que eu digo... Posso entrar?" ela pergunta. Absorvido por seus pensamentos, Martin percebe que não a havia convidado para entrar.

"Ah, que indelicadeza da minha parte... Claro, por favor", ele gagueja, fazendo um gesto para ela entrar. "Emily está bem ali", ele acrescenta, apontando para o sofá. "Vou fazer algumas ligações e já volto." Dito isso, Martin desaparece em um dos longos corredores da casa.

Agatha deixa a torta na mesa de centro e se senta ao lado de Emily que com movimentos lentos, reconhece a presença de Agatha, e as duas começam a conversar baixinho.

Observando de longe, Isabella força os olhos, como se tentar decifrar aquelas palavras sussurradas pudesse torná-las audíveis.

Agatha olha diretamente para ela, como se percebesse seus olhares, e acena com elegância. Envergonhada, Isabella acena de volta.

Ao seu lado, Daniel pergunta, "É verdade?", com seus olhos inocentes buscando respostas.

Sem saber exatamente a que ele se refere, Isabella faz uma pausa, sentindo o peso da preocupação na voz do menino.

"O que estão dizendo sobre minha mãe é verdade? Que ela tem algum demônio dentro dela?", ele insiste com a voz baixa.

"Claro que não, Daniel," Isabella responde com firmeza. "Isso é coisa que gente fanática inventa." Sua voz carrega vestígios de traumas antigos, e ela se dá conta de que suas emoções escaparam pelas palavras. Precisa ter cuidado, os olhos à sua frente ainda pertencem a uma criança. Ela suaviza seu tom. "A sua mãe está apenas se sentindo mal. Logo ela vai melhorar, você vai ver.", acrescenta, com a voz suave.

O olhar de Daniel permanece fixo em Isabella, sua mente infantil tentando lidar com as palavras dela. "O que são gente fanática?", ele pergunta curioso.

Isabella hesita por um instante, surpreendida pela pergunta, procurando uma forma de explicar algo tão complexo de um jeito que ele pudesse entender.

"*Okay*, imagina isso", ela começa, "Imagina que você tem um brinquedo favorito. Você gosta tanto dele que quer sempre brincar com ele e falar sobre ele o tempo todo. E passa a querer que seus amigos brinquem com o mesmo brinquedo, mesmo que eles prefiram outros, mas mesmo assim você começa a forçar eles a brincar com o que você gosta. Isso é um pouco como fanatismo".

Daniel escuta a explicação dela, franzindo a testa enquanto pensa. "Mas isso não seria justo com meus amigos, mesmo que eu tivesse algum", ele pensa em voz alta, demonstrando uma maturidade elevada para sua idade. Isabella concorda com a cabeça. "Exatamente, é por isso que se chama fanatismo". Ela passa a sussurrar e acrescenta, "Essas pessoas talvez não estejam pensando com clareza". Os dois compartilham um sorriso. "Mas você também está errado", ela provoca com carinho, cutucando o lado dele. "Porque você tem sim uma amiga."

O riso deles é interrompido por Agatha, que entra na cozinha com uma saudação casual. "Olá, meus queridos, como vai o almoço? Trouxe uma sobremesa, caso queiram," ela diz, colocando a torta de framboesa na bancada, o recheio vermelho escorrendo pelas laterais.

Daniel encara a vizinha por um instante, antes de voltar sua atenção para Isabella, sua expressão impossível de ser decifrada. "Não, obrigado", ele murmura, pegando seu prato e saindo da cozinha em silêncio.

"Está tudo bem? Ou acabei interrompendo algo?" pergunta Agatha, com um sorriso que parece inocente.

"Ah, não, o Daniel está preocupado com a mãe, só isso", responde Isabella, esforçando-se para disfarçar sua percepção sobre o desconforto do menino com ela.

O sorriso de Agatha toma um ar malicioso quando ela volta sua atenção para Isabella. "Falando em preocupação... está tudo certo entre você e a Emily?" indaga, com uma entonação sutilmente carregada de algo mais.

O coração de Isabella se acelera enquanto ela tenta entender a insinuação de Agatha. "Sim, pelo que sei. Por que? Ela disse alguma coisa?" Isabella pergunta cautelosamente.

"Bom... ela mencionou algo sobre desejar que eu lhe observasse enquanto estivesse indisposta. Tem certeza de que não há nada que gostaria de compartilhar comigo?" prossegue Agatha, seu tom leve, porém insinuante.

Quando Martin passa ao longe, o sorriso de Agatha volta a ter um ar malicioso e ela acrescenta, "Ah... talvez tenha algo a ver com aquele pai irresistível?"

Isabella sente um nó na garganta, espantada com a insinuação de Agatha. Ela se esforça para compreender por que Emily suspeitaria de tal coisa. Com a mente a mil por hora, ela tenta se lembrar de todas as vezes que interagiu com Martin, buscando por qualquer ato inapropriado que poderia ter gerado as suspeitas de Emily.

"Ah, meu Deus, não", ela solta, quase em pânico. "Eu jamais..." Ela começa a chorar de aflição.

"Calma... Não estou aqui para julgar. Afinal, seria hipocrisia da minha parte, eu mesma estou longe de ser um anjo", diz Agatha com um sorriso levemente malicioso. "Posso segurá-la?", pergunta ela, referindo-se à bebê Lily.

"Claro", responde Isabella, ainda sem saber o que pensar. Agatha pega a bebê Lily da sua cadeirinha e começa a andar pela cozinha. Isabella encara a parede, sem expressão, enquanto Agatha se aproxima.

Com uma risadinha, Agatha para bem em frente a

Isabella. "Ei, está tudo bem. Posso ver pelo seu rosto que você não fez nada de errado. Mas por que negar a si mesma dos prazeres da vida, hein?" Enquanto espera uma resposta, os olhos de Agatha se fixam nela.

"Não, nunca. Isso está fora de questão", assegura Isabella com firmeza.

Baby Lily começa a chorar nos braços de Agatha, o que faz Isabella intervir.

"Desculpa. Ela deve estar cansada, e preciso trocá-la," diz, pegando a bebê de volta.

"Tudo bem, sem problemas. Eu já estava de saída mesmo… Espero que goste da torta," diz, saindo com sorriso no rosto. Isabella olha de longe para Emily, que está desmaiada no sofá, e sente um aperto estranho no estômago.

***

Esgotada, Isabella sobe as escadas em direção ao seu quarto. Os degraus de madeira rangem alto a cada passo, como se estivessem reclamando. Ao chegar ao topo, ela olha para o grande retrato de família pendurado na parede — Martin, Emily, Daniel e Lily, como se o tempo tivesse congelado. Embora a foto seja bonita, Isabella sente algo estranho nos olhares deles, como se estivessem observando cada movimento seu.

Ao alcançar o último degrau, ela percebe que o quadro está torto. Faz uma breve pausa, alinha cuidadosamente a moldura e, só então, segue até seu quarto.

Ela abre a porta e é recebida por um cheiro repulsivo que imediatamente embrulha seu estômago. Segura o nariz com a mão, tentando conter o impulso de vomitar.

The Baby Seeker - 78

Cheia de energia, a gatinha corre em direção à porta, mas é pega antes que ela possa escapar. Prendendo a respiração, Isabella fecha rapidamente a porta e corre para abrir a janela. Ela se inclina para fora, aliviada ao sentir o ar fresco da noite entrando e afastando aquele cheiro insuportável. Lá fora, a lua brilha de um jeito estranho, iluminando as árvores altas que balançam devagar com o vento, e o som distante das ondas batendo nas rochas torna a noite ainda mais linda.

Enquanto observa a paisagem, ainda tentando recuperar o fôlego, algo chama sua atenção. Ela vê uma silhueta se movendo entre as árvores. Observando com mais atenção, Isabella percebe que é Agatha saindo da escuridão e caminhando na direção de sua casa. Antes de abrir a porta, Agatha ergue o rosto e olha diretamente para Isabella, como se soubesse que estava sendo observada. As duas ficam se encarando por alguns segundos até que Agatha acena com um sorriso. Isabella hesita, mas força um sorriso de volta. Agatha, então, entra em casa e fecha a porta.

A mente de Isabella dispara, cheia de perguntas sobre o que Agatha estaria fazendo na floresta àquela hora.

Uma batida suave na porta espanta Isabella, que rapidamente verifica o celular, 20h37. Curiosa para saber quem poderia estar ali, ela se aproxima da porta com cuidado, enquanto a gatinha mia baixinho ao seu lado. Apreensiva, ela a pega nos braços antes de abrir a porta. Para sua surpresa, é Martin. De imediato, a conversa que teve com Agatha vem à sua mente, deixando-a inquieta.

"Oi, Isabella, desculpe incomodar tão tarde", ele diz, sua voz suave preenche o corredor escuro. "Queria saber se você pode começar uma hora mais cedo com as crianças amanhã. Emily ainda está indisposta, e Michael e eu vamos precisar ir para o hospital mais cedo.”

Isabella concorda com a cabeça. “Sim, claro”, ela responde quase num sussurro. O olhar de Martin se volta para a gatinha, e ele sorri ao acariciar a cabeça do animal com delicadeza.

“Muito obrigado. Eu vou te compensar extra por você estar ajudando tanto”, acrescenta. Ele faz uma pausa antes de continuar, a expressão se tornando séria. “Emily às vezes… age sem pensar. Daniel é um menino muito sensível, e tentar substituir a Luna não foi uma boa ideia.”

Os pensamentos de Isabella giram sem parar, pulando de uma pergunta para outra. *Por que Martin está se abrindo daquele jeito com ela? E por que parece haver algo diferente na forma como ele a olha? Por que ele ainda está ali, prolongando a conversa?* Por um breve instante, seus olhos se encontram, e Isabella nota os olhos cor de avelã dele. Ela sente um mal estar no estômago. *O que foi aquilo? Que sentimento é esse?* Ela percebe que Martin ainda está falando, mas suas palavras se perdem no meio do turbilhão de pensamentos que dominam sua mente, enquanto o tempo parece desacelerar.

De repente, uma dor aguda a faz voltar à realidade. A gatinha brincalhona arranha seu polegar direito com suas garrinhas afiadas, abrindo um corte pequeno, mas profundo.

“Você está bem?”, pergunta Martin com uma voz preocupada.

Isabella olha para sua mão e vê o sangue começar a escorrer. “Sim, sim, desculpa, ainda estou me acostumando a ter um gato”, diz ela enquanto segura o polegar entre os outros dedos.

“Você quer ajuda? Precisa desinfetar a área”, ele continua, mostrando preocupação.

"Ah, não, está tudo bem, eu vou ficar bem", ela se apressa, ansiosa para que ele vá embora.

"Tudo bem, só não se esqueça de limpar muito bem com sabão", diz ele, enfiando a mão no bolso como se estivesse procurando algo. Ele então tira um band-aid.

"Aqui, depois que você limpar, por favor, coloque isso", ele diz, entregando para Isabella. Ao colocar o curativo na mão dela, suas mãos se tocam, provocando um arrepio que percorre seu corpo.

"Por que você tem um band-aid aleatoriamente no bolso?" Isabella solta, sem pensar.

Martin sorri suavemente ao responder, "Quando você é médico e tem filhos pequenos, eu sempre gosto de estar preparado".

Enquanto Isabella pensa sobre a conversa, ela percebe que precisa que ele saia dali. "*Okay*, vou fazer isso agora, obrigada", diz, segurando a maçaneta da porta. Eles se dão boa noite e, quando ele sai, ela fecha a porta rapidamente.

Isabella se esforça para processar tantas emoções conflitantes. *Será que ela estava tentando flertar com ele por um momento? Não, isso é nojento. Por que ela estava tendo esses pensamentos estranhos?* O cheiro repugnante retorna com tudo. Ela olha para a gatinha brincando inocentemente com o cadarço no chão. "Como é que você é tão pequena e consegue fazer um cheiro tão ruim assim?"

***

No silêncio do seu quarto, Isabella dorme profundamente. Ouve-se então outra batida na porta. Aos poucos, sua consciência começa a despertar, à medida que as batidas continuam. Embora sua mente desperte com as batidas insistentes, seus sentidos parecem atrasados. Ela tenta se mover, mas sente o corpo pesado. Então ela ouve o rangido familiar da porta antiga, e com a sua visão embaçada, Isabella vê a porta se abrindo lentamente.

À medida que a porta se abre por completo, uma silhueta escura se materializa e se aproxima da cama. De tanto medo, Isabella sente uma pressão no peito e suas mãos ficam úmidas de suor, mas ela não consegue se mover. A figura se aproxima, envolta na luz suave da lua, ficando ainda mais difícil saber quem é. O coração de Isabella dispara, e lágrimas escorrem por seu rosto trêmulo enquanto ela permanece paralisada, completamente dominada pelo terror.

A figura se inclina e se curva, revelando ser Martin. Seus olhos não têm luz alguma, como se ele não tivesse alma. A mente de Isabella se recusa a acreditar quando ele inclina a cabeça e aproxima seus lábios dos dela, que quer gritar, fugir, mas seu corpo permanece imóvel, preso pelo medo. Assim que os lábios de Martin tocam os dela, a agonia silenciosa de Isabella se transforma em um grito agudo, rompendo a tranquilidade da noite. Ela acorda de repente, com a respiração ofegante. Seus pensamentos ainda confusos enquanto inspeciona o quarto com o olhar, mas não há ninguém ali. *Será que foi apenas um sonho, ou um pesadelo?*

Segurando o peito, Isabella sente o coração disparado, enquanto sua gatinha se mexe e boceja ao lado dela, despertando de um sono profundo. Aos poucos, a realidade volta ao lugar, acalmando seus nervos. Nada foi real. Ela pega o celular na mesa de cabeceira, ainda são 4h07. Inspira profundamente e se espreguiça, tentando relaxar enquanto seu pesadelo se dissolve na escuridão.

Isabella se vira na cama, sabendo que não vai conseguir voltar a dormir, decide começar o dia. Com passos determinados, vai até o banheiro para tomar um banho quente. E em poucos minutos, o vapor preenche todo o ambiente.

Apesar do toque reconfortante da água morna, sua mente continua assombrada pelo pesadelo. Ela sai do banho, se veste e escova o cabelo apressadamente, ainda com gotas de água escorrendo pelo corpo.

Ao sair do banheiro, se senta em frente ao computador. O brilho suave da tela ilumina seu rosto, projetando sombras pela escuridão do quarto. De repente, o som de uma chamada de vídeo interrompe o silêncio.

Assim que a videochamada conecta, o rosto de Ana, a irmã de Isabella, surge na tela do computador com um sorriso radiante. "Oi maninha, como tu tá? Estou com muita saudade! Eu sei que é meio difícil ligar por causa do fuso horário", diz Ana, sua voz carrega um entusiasmo contagiante. Isabella responde, tentando esconder a falta de entusiasmo.

Os olhos de Ana brilham. "Eu posso ver a gatinha? Ela parece tão fofinha nas fotos, mas deve ser ainda mais linda no vídeo."

Isabella a pega no colo, sentindo o ronronar suave sobre suas pernas. O sorriso de Ana se abre ainda mais ao ver a cena, mas logo dá lugar a uma expressão séria.

Percebendo a mudança, Isabella sussurra. "Ela tá aí?". Ana acena que sim com a cabeça e, sem aviso algum, a mãe delas, Célia, junta-se à chamada, aparecendo ao lado de Ana.

Isabella se move para colocar a gatinha no chão discretamente, mas a voz aguda de sua mãe a interrompe. "Aquilo era um gato, Isabella?"

Isabella respira fundo, medindo sua resposta. "Sim, eles

têm uma gatinha aqui, e ela ama ficar no meu quarto."

A expressão de Célia se transforma em demonstração de repulsa. "Tu sabe que os gatos são péssimos para a saúde. Eu não acho que tu deveria segurar essa coisa no colo." Ela se mostra preocupada. "Além do mais, tu sabe que os gatos têm conexão com—"

Antes que ela possa terminar, a filha interrompe com firmeza, "Mãe, é só um gato! Um animal de estimação! Não tem nada de mau nisso. Pode me poupar do teu sermão..." Sua impaciência começa a transbordar.

"Tá bom, tá bom. Mas só lembra que se algo ruim acontecer, não venha pedir minha ajuda," adverte Célia, com a voz ficando mais ríspida.

"Não se preocupe, eu não vou. Eu já me mudei para bem longe para que tu não tenha esse problema..." ela retruca, sua frustração aumenta com cada palavra.

Célia sorri com sarcasmo. "Não importa onde tu tá. É sempre uma ingrata, egoísta, igualzinho teu pai era", ela murmura, e com isso, se afasta da chamada.

O ar prende na garganta de Isabella, enquanto o olhar da irmã pesa sobre ela.

"QUE FOI?" dispara, já sem paciência.

"Tu não precisava ser tão grossa", repreende Ana, decepcionada.

A raiva de Isabella cresce. "A grossa é ela, Ana, e tu sabe disso!"

"Ela já passou por muita coisa, e só faz o que acha que é melhor pra gente—" Ana continua, mas Isabella a interrompe.

"Nem começa. Eu consigo ver que ela já está te manipulando muito mais rápido, já que eu não tô aí," acusa, com amargura na voz.

A expressão de Ana se congela diante da acusação.

"Nossa, tu és a minha heroína! Então talvez não deveria ter me abandonado aqui! Eu preciso ir," ela diz baixo, antes de encerrar a ligação.

A respiração de Isabella fica mais pesada enquanto encara a tela preta do computador. Lágrimas se acumulam no canto dos olhos, escorrendo pelo rosto. Com as mãos trêmulas, ela pega seu diário e uma caneta, e começa a escrever.

> *Desculpe que eu não escrevi ontem. Não sei nem por onde começar. Sinto que minha cabeça está um pouco confusa desde que fui à igreja. Sim, entrei em uma igreja depois de jurar que nunca mais entraria em uma depois do que aconteceu. Enfim, o dia está clareando por aqui. Não consegui dormir direito, estou tendo alguns pesadelos. Fico me perguntando se cometi um erro deixando a Ana sozinha com ela. Quer dizer, a Ana era tão pequena quando tudo aconteceu, ela nem se lembra de você, nem sabe como nossa mãe era diferente, amorosa e gentil, pelo menos comigo. Ela ainda é assim com a Ana porque a Ana faz tudo o que ela quer. Eu me sinto mal, mas eu não suporto mais ficar perto dela. Mas a Ana não tem noção das coisas, e eu acho que ela está certa, eu a abandonei, porque sou egoísta, assim como você era...*
> *05 de Abril, de 2004*

Ela faz uma pausa para enxugar as lágrimas que molharam a página do diário e olha para a janela. Entre nuvens pesadas, ela percebe o sol, tímido, seus raios buscam atravessar o céu cinzento.

Relutante, ela admite sentir culpa e o ciúme se contorce em seu peito.

Sua escrita está cheia de raiva, dúvida e culpa. Cada vestígio de tinta no papel mais lembra uma cicatriz do que uma palavra.

As lágrimas caem livremente, misturando-se à tinta da página. Com o coração pesado, ela para de escrever e fecha o diário. No celular o relógio marca 5h20 da manhã. Ela percorre a lista de contatos e escreve uma mensagem curta: 'Desculpa' enviando para a irmã. Exausta, ela se arrasta de volta para a cama e seus olhos começam a se fechar lentamente.

***

Isabella ouve o ruído distante do oceano e um leve chamado de seu nome. Ela se vira na cama e, momentaneamente cega pela luz da manhã que entra pela janela, abre os olhos. Forçando a vista, consegue distinguir uma silhueta pequena perto da janela, é Daniel, brincando com a gatinha.

"Eba! Você acordou!" Daniel exclama, sua voz atravessa o quarto.

Isabella se assusta, percebendo que dormiu demais e que deveria ter começado a trabalhar mais cedo.

"Só tem você e minha mãe em casa", Daniel continua, entretido com a gatinha. "Mas minha mãe não tá acordando direito; ela tá viva, eu ouvi ela respirando. Acho que meu pai deu alguma coisa forte pra ela dormir e melhorar."

"Desculpa, Daniel. Que horas são? Eu que deveria ter acordado você...", responde Isabella, com um toque de preocupação na voz, ao ver que a bateria do seu celular morreu.

"São só 7h da manhã. Acordei com o carro do meu pai saindo… Que cheiro ruim é esse?" ele interrompe, franzindo o nariz enquanto tenta identificar de onde vem o odor. Isabella, ainda sonolenta, aponta para sua gatinha.

"É dela? Minha gata nunca teve esse cheiro. Ela fez cocô embaixo da sua cama?", percebendo que o odor está vindo daquela direção.

Isabella, igualmente intrigada, junta-se a ele para olhar

embaixo da cama. Eles não encontram nada, mas Daniel quase vomita e corre para a janela em busca de ar fresco. Isabella esfrega o nariz, como se já estivesse se acostumando ao mau cheiro.

"Você tá bem?", pergunta, preocupada.

"Sim, mas que cheiro nojento. Vou pedir ao meu pai para olhar isso para você—" O menino começa a falar, mas ela o interrompe rapidamente à medida que o pesadelo com Martin lhe vem à mente.

"Não precisa, eu limpo isso depois. E, além disso, nem tá tão ruim mais." ela pensa e continua em uma voz quase interna, "Ou talvez eu só esteja me acostumando".

Ela olha para o chão e aponta para os brinquedos espalhados, "O que é tudo isso?", pergunta, tentando mudar de assunto.

"Era da Luna. Achei que a sua gatinha ia gostar de brincar com brinquedo de verdade, em vez de só brincar com o cadarço do seu tênis", diz Daniel, sorrindo, ainda coçando o nariz por causa do mau cheiro.

Isabella sorri de volta para ele, "*Okay*, vou me vestir no banheiro. Fica aqui brincando com ela. A sua irmã deve estar acordando daqui a pouquinho", diz, já indo em direção ao banheiro.

Daniel permanece sentado brincando e ocasionalmente torcendo o nariz. "Você devia dar um nome pra ela logo…" ele fala alto, para que Isabella escute lá de dentro. Ela não responde.

***

Com cautela, Isabella entra no quarto do casal, onde a

luz de cabeceira não penetra na escuridão. Seus olhos se voltam imediatamente para o berço, ao lado da cama. A bebê chora alto, mas Emily permanece imóvel, emitindo apenas sons estranhos em meio a seu sono profundo.

Isabella pega Lily com cuidado no colo. O choro agudo ecoa pelas paredes como um sino de igreja estridente, atravessando seus ouvidos. Instintivamente, ela acaba pressionando o rostinho da bebê contra seu peito por alguns segundos, apenas para tentar fazer aquele som parar. Lily se debate um pouco, sem conseguir respirar direito, até ela se dar conta e afrouxar o abraço, assustada com o que acabou de fazer.

Emily solta um gemido alto e repentino, fazendo Isabella se assustar. Ela se vira para a mulher na cama, com o rosto tomado por preocupação. Mil perguntas tomam conta da sua mente enquanto observa o estado inerte de Emily. *Dias atrás, ela parecia perfeitamente normal, agora, está assim, nesse estado inquietante.* Isabella tenta entender o que pode estar acontecendo, com a sensação incômoda de que algo está muito errado.

Seus olhos então se fixam num copo d'água sobre o criado-mudo, com um resíduo branco e pastoso no fundo. Ela o encara por alguns segundos, sentindo um nó apertar em seu estômago. O choro de Lily aumenta, tirando-a do transe. Com a bebê nos braços, Isabella sai do quarto.

*****

Naquele mesmo dia, Isabella segura a bebê no colo, balançando-a suavemente para acalmar seu choro. Enquanto isso, Daniel está sentado à sua mesinha, a testa franzida, enquanto tenta se concentrar na lição de casa. Ao lado, uma tigela de cereal com leite, pela metade.

"Bel, minha cabeça está doendo. Por que ela está chorando tanto hoje?" ele pergunta.

"Não sei... talvez ela esteja ficando doente," responde, com o cansaço já visível em sua voz. "Daniel, será que você pode ir até a cozinha buscar uma mamadeira cheia? Vamos ver se ela tá com fome e quer mais leite," pede Isabella, enquanto sua mente corre por mil possibilidades para acalmar a pequena Lily.

"Claro! Já volto," responde ele, levantando-se rápido da cadeira e saindo apressado do cômodo.

Sozinha com a bebê, Isabella continua a se mover suavemente, cantando uma canção de ninar, *"Hush, little baby, don't say a word, mama's gonna buy you a mockingbird..."*

Daniel retorna com uma mamadeira cor-de-rosa, entregando-a para Isabella antes de voltar para sua cadeira e continuar a lição de casa. Ao oferecer à Lily, ela imediatamente começa a mamar com vontade e, conforme seus gritos diminuem aos poucos, Isabella se sente aliviada.

"Não sei," diz Daniel quase num sussurro, soltando uma risadinha baixa.

"O quê que você disse? Desculpa, não escutei direito," pergunta Isabella, abaixando o tom de voz enquanto continua embalando a bebê que mama tranquila.

"Ah, nada, Bel. Eu não estava falando com você", ele responde olhando para algo ao seu lado.

"Então com quem você tava falando?" ela pergunta, franzindo a testa.

Os olhos do menino se movem para o lado, como se esperasse permissão para falar. Isabella acompanha o olhar dele, mas não há nada ali. Então, ele rompe o silêncio, "Estou conversando com meu irmão. Ele quer brincar de esconde-

esconde comigo".

Isabella congela por um segundo, sem saber como reagir. "Mas você só tem uma irmã, e ela é muito pequena pra brincar de esconde-esconde," diz Isabella, com cuidado.

"Não, é o meu outro irmão. Ele é igualzinho a mim e está bem aqui ao meu lado", insiste Daniel, apontando com firmeza, sua voz ficando um pouco mais agitada.

Isabella olha para onde ele aponta, mas não há ninguém ali.

"Ah, entendi... então agora você tem um amigo invisível?" ela pergunta com um leve sorriso.

"NÃO! EU DISSE QUE ELE É MEU IRMÃO!" grita Daniel, tomado por frustração.

Isabella fica em choque por um momento, incapaz de reagir, nunca havia visto Daniel daquele jeito antes.

"Ei, você não precisa gritar comigo..." ela começa a dizer, mas suas palavras se perdem quando baby Lily volta a chorar desesperadamente. Assustada, Isabella olha para baixo e percebe algo vermelho escorrendo da boca da bebê. Ela começa a entrar em pânico, e seu coração dispara enquanto tenta desesperadamente encontrar algo dentro da boca da dela, que ainda nem tem dentes.

O espanto de Isabella cresce à medida que os gritos de Lily ficam mais altos. Com as mãos trêmulas, ela levanta a mamadeira e vê que está cheia de um líquido vermelho. O cheiro metálico de sangue sobe rápido até o seu nariz fazendo seu corpo inteiro arrepiar.

"Daniel! O QUE VOCÊ FEZ?", ela grita, a voz trêmula de pavor.

Daniel, agora ao lado dela, está igualmente aterrorizado. "Eu não fiz nada. Só peguei a mamadeira na geladeira,

como você pediu", ele responde apressadamente, com os olhos arregalados.

Sem hesitar, Isabella corre até a cozinha com a bebê Lily ainda gritando e chorando nos braços, e Daniel logo atrás. Ela abre a geladeira, pega duas mamadeiras prontas e despeja seu conteúdo na pia, ambas cheias com o mesmo líquido vermelho. Suas mãos tremem descontroladamente, o suor escorre pela testa, e o choro agudo da bebê ecoa em sua mente, tornando o pânico ainda mais insuportável.

Isabella corre até o quarto de Emily, com o coração disparado, quase rasgando o peito. Encontra a *host mom* deitada, imóvel, exatamente como da última vez. Ela tenta acordá-la, mas não obtém resposta. Virando-se para Daniel, que permanece parado ao lado dela com o rosto em choque, Isabella pede desesperada, "Vai pegar seu casaco, precisamos levar a Lily até o seu pai!"

***

Enquanto a chuva bate forte contra as janelas do carro, Isabella tenta dirigir com cuidado. Daniel está ao seu lado, enquanto os gritos incessantes da bebê, vindos do banco de trás, dominam o espaço. O menino pressiona as mãos contra os ouvidos, desesperado para bloquear o som ensurdecedor.

Com a voz trêmula, Isabella começa a cantar uma canção de ninar, um esforço angustiado para acalmar Lily, enquanto busca se lembrar das informações de Martin a respeito da localização do hospital. "Seguir reto por uns dez minutos..." murmura, lutando para manter o foco. "Brilha, brilha, estrelinha, quero ver você brilhar...", ela para ao perceber que não se lembra o resto da música. Mas se recorda de uma música que sua mãe costumava cantar quando ela era pequena, "Se esta rua, se esta rua fosse minha, eu mandava, eu mandava ladrilhar, com pedrinhas, com pedrinhas de brilhantes..."

Isabella alterna o olhar entre a estrada e o retrovisor, um leve sorriso surge nos lábios ao perceber que Lily começa a se acalmar. Mas o alívio dura pouco. Seu coração quase para ao notar, pelo espelho, uma mudança estranha nos olhos da bebê. O azul claro e inocente escurece, como se sombras se infiltrassem ali. Os traços delicados de Lily começam a se distorcer, transformando-se em algo sombrio, maligno, algo que parece encarar a sua própria alma. Congelada, ela fica presa num transe, a respiração engasgada, enquanto lágrimas de medo começam a se formar em seus olhos.

"Bel, CUIDADO!" Daniel grita.

Sua cabeça se vira para frente a tempo de ver uma árvore retorcida surgindo ameaçadoramente diante deles. Com o coração na garganta, ela vira o volante bruscamente, e o carro freia com um grito agudo, parando a centímetros do impacto. O silêncio que se segue é ensurdecedor, rompido apenas por sua respiração ofegante e pelo som insistente da chuva contra o carro.

Ela olha novamente para o retrovisor; o rosto da bebê está normal. Em seguida, vira-se para Daniel ao seu lado. Percebendo que quase havia batido o carro com as crianças dentro, as mãos de Isabella começam a tremer descontroladamente.

"Meu Deus, Daniel, você está bem?" pergunta com a voz trêmula e o coração disparado. "Me desculpa, Daniel... eu... eu me distraí por um segundo..."

Ela sai correndo do carro, deixando a porta aberta, e

vai até o banco de trás para verificar se a Lily está bem. Ao se certificar de que a bebê está ilesa, o som da porta se fechando com força à frente ecoa por entre a chuva. Isabella corre de volta até a porta do motorista e tenta abri-la — está trancada. Em um frenesi, tenta novamente. Nada.

"Daniel, abre a porta!" Isabella implora. "DANIEL, ISSO NÃO É ENGRAÇADO!", grita, enquanto a chuva pesada a encharca.

"Estou tentando!" Daniel responde lá de dentro, tentando destrancar.

De repente, ele para, seus olhos fixos em algo atrás de Isabella. Um calafrio percorre sua espinha, e ela sente a presença de algo surgindo atrás dela. "Daniel, por favor!", ela pede, com a voz embargada, "Isso não tem graça!" Mas ele continua imóvel, os olhos arregalados, encarando algo que está logo além dela.

Sentindo um pressentimento terrível, Isabella se vira para trás, mas não vê nada. Então, tão repentinamente quanto havia se trancado, a porta faz um clique e se destranca. Ela entra no carro. Lá dentro, reina o silêncio. A bebê está quieta. Suas mãos ainda tremem, a respiração está pesada, e a água escorre pelos seus cabelos e roupas. Ela se vira para Daniel, a voz trêmula, "Eu te amo muito, mas ISSO NÃO TEVE GRAÇA NENHUMA" diz, com os olhos tomados por um desconforto que ela tenta esconder. Daniel, calado e distante, apenas vira o rosto e passa a encarar a janela, observando o céu cinzento coberto pela chuva.

***

Na sala de espera fria do hospital, Isabella e Daniel

permanecem em silêncio sentados um do lado do outro, o clima carregado de tensão. Ela segura uma sacola plástica onde dá pra ver uma das mamadeiras cor-de-rosa. Ansiosa, Isabella começa a roer a pele ao lado da unha, puxando até sangrar. Faz uma careta, observa o machucado e, num gesto automático, leva novamente o dedo à boca, sentindo o gosto metálico do sangue.

Martin entra na sala de espera, com a bebê Lily no colo, e caminha até eles. Com rosto alíviado Isabella se levanta assim que o vê.

"Verificamos tudo e ela está bem", ele os tranquiliza, suas palavras trazem um alívio momentâneo ao coração de Isabella. No entanto, quando ela abre a boca para expressar as dúvidas persistentes que a atormentam, Martin a acalma com um sussurro abafado, "não há nenhum vestígio de que ela tenha ingerido sangue." O olhar dele é sério, e não parece estar preocupado com a bebê e sim com Isabella.

A confusão embaralha a mente dela enquanto tenta dar sentido às evidências contraditórias.

"Eu não entendo. Tinha cheiro de sangue, e era vermelho," ela insiste, a mente girando em busca de alguma explicação. Lembrando-se da mamadeira, ela a retira da sacola e a entrega a Martin. Ele acomoda Lily melhor nos braços e analisa o frasco. "Leite... é só leite," ele afirma.

"Mas é vermelho," Isabella retruca, insistindo para que ele olhe de novo.

Martin devolve a mamadeira para que ela mesma veja. Isabella olha para dentro e fica pasma ao encontrar o leite inexplicavelmente branco. Sua confusão aumenta. Ela busca nos olhos de Daniel por validação. "O Daniel também viu... Daniel?", ela chama, a voz alterada pelo desespero.

Percebendo seu estado, Martin puxa Isabella discretamente para o lado. "Ei, Daniel é apenas uma criança, e ele já passou por muita coisa. Na verdade, todos nós passamos... até você," ele murmura. "Sinto muito que a Emily seja tão paranoica com a bebê, mas não deixe isso te afetar", Ele toca levemente o braço dela, e por um breve momento, Isabella sente o coração acelerar com aquele gesto inesperado.

Martin coloca a mão no bolso e tira um saco branco contendo um frasco de medicamento e o entrega a Isabella.

"Aqui, tome isso. Sei que os últimos dias têm sido uma loucura. Tome uma hora antes de dormir; isso vai ajudar a acalmar seus nervos e garantir uma boa noite de sono," diz ele, com um sorriso gentil que, de alguma forma, Isabella acha difícil interpretar. "Tenho que ir agora; um paciente está esperando. Mas Michael e eu estaremos em casa em breve." Ele dá um tapinha de leve no ombro dela antes de se afastar.

O caminho de volta para casa é quieto.

***

Ao entrar na casa, Daniel tira o casaco rapidamente, sem dizer uma palavra.

"Daniel?" Isabella chama por ele em um sussurro suave, segurando a bebê quase adormecida nos braços.

Mas ele some pelos corredores da casa, deixando apenas o silêncio para trás. Ela vizivelmente exausta, quer muito conversar com ele sobre tudo o que aconteceu, queria tanto conversar com ele sobre tudo o que aconteceu. Ainda assim, as palavras de Martin ecoam em sua mente, *Ele é só uma criança. Talvez eu realmente esteja cansada demais... talvez tenha visto coisas que não estavam lá. Talvez seja melhor eu deixar pra lá.*

Isabella caminha pelo corredor escuro e vai em direção à cozinha, iluminada pelo brilho fraco que entra pelas frestas da cortina, onde encontra a fileira de mamadeiras e caixas de leite deixados no balcão. O olhar de Isabella percorre cada uma, em busca de qualquer sinal do tom avermelhado. Mas o leite está normal, branco e puro, como se zombasse dos seus medos, aprofundando ainda mais sua confusão. A cada segundo, o peso do cansaço parece aumentar sobre seus ombros. Ela olha para a pequena Lily nos braços, dormindo como um anjinho inocente.

Ela então enfia a mão no bolso e retira o saquinho branco que Martin lhe entregou. Abre com cuidado para não fazer barulho e pega o potinho laranja de comprimidos. Observa atentamente os comprimidos brancos lá dentro e percebe que o seu próprio nome está impresso no rótulo. Um arrepio percorre sua espinha.

Um sussurro desconfiado escapa de seus lábios, "Alguma coisa não tá certa nesse lugar…"

Em um momento de clareza momentânea, ou talvez de resignação, ela coloca o remédio dentro de um dos frascos de leite vazios.

Com um baque suave, o recipiente cai no lixo, o som ecoa na cozinha silenciosa. As respirações suaves da bebê a trazem de volta à realidade enquanto permanece imóvel, encarando a lata de lixo.

Em seguida, pega um copo, enche com água fresca e caminha até o quarto do casal, onde Emily continua deitada, inerte. Sua respiração é pesada e emite sons inquietantes a cada expiração, como se estivesse presa num pesadelo doloroso. Isabella troca os copos de água no criado-mudo. Observa atentamente o copo que acabou de pegar e vê, no fundo, o pó branco dançando em redemoinhos.

"Espero que você melhore logo," ela sussurra, olhando para Emily deitada na cama.

***

Isabella embala Lily gentilmente em seus braços enquanto caminha para o quarto de brinquedos. Ao entrar, vê Daniel desenhando concentrado na mesinha. Com cuidado, ela coloca a bebê no bercinho ao lado, garantindo que a pequena continue dormindo tranquilamente.

Aproximando-se de Daniel, Isabella se senta ao lado dele, com o coração apertado.

"Ei... Desculpa por ter gritado com você mais cedo..." começa ela, com a voz baixa, quase um sussurro no silêncio do cômodo, acompanhada de um sorriso arrependido. Daniel permanece calado, com os olhos ainda no desenho, mas Isabella percebe uma leve pausa, um sinal sutil de que ele ouviu.

Sem saber exatamente o que mais dizer, ela desvia o olhar para o desenho de Daniel: ele está desenhando dois idênticos meninos com muitos detalhes no papel. Tentando quebrar o clima pesado com uma risada leve, ela brinca, "Ei, acho que você esqueceu de um detalhe, eu tenho cabelo comprido, não curto." Daniel finalmente levanta os olhos, com uma expressão séria.

"Não é você no desenho," ele diz em voz baixa. "É o meu irmão."

Isabella sente as palavras travarem na garganta. Ela não quer reviver o pesadelo da manhã, não quer voltar a esse assunto. Apenas quer seguir em frente. Então, ela puxa uma folha em branco e começa a rabiscar.

Deborah Liss - 97

Daniel a observa e diz, "Eu sei que você não acredita em mim..." Ele hesita, mas continua, "... Ou talvez você esteja com medo. Eu também fiquei quando ele foi ao meu quarto a primeira vez algumas noites atrás..."

Ela encara Daniel intensamente, sem dizer nada. A bebê se remexe levemente no berço, e Isabella volta o olhar para ela por um instante, mas a pequena ainda dorme profundamente. Quando vira novamente para Daniel, ele está parado bem na frente dela, tão perto que ela leva um susto.

"Ah, Daniel, que susto!", ela começa a dizer, mas ele a interrompe, animado.

"Meu irmão quer muito brincar de esconde-esconde e quer que você brinque também", ele declara, mal contendo sua ansiedade. Antes mesmo que Isabella pudesse responder, Daniel sai correndo, sua risada o seguindo como um eco.

"Espera!" Isabella chama por ele. Mas os passos de Daniel se afastam cada vez mais, deixando-a em um instante de indecisão. De pé, ela lança um último olhar à bebê adormecida, serena no bercinho. Ela hesita na porta, e vê o menino desaparecer em um dos corredores.

"Daniel!" ela chama novamente, mesmo sabendo que é em vão.

Com um suspiro profundo, dividida entre a prudência para com a Lily e a preocupação com Daniel, Isabella faz sua escolha. Ela lança um último olhar para a bebê dormindo e então sai correndo pelo corredor, seguindo os passos do menino, com o eco dos avisos de Emily sobre nunca deixar a bebê sozinha martelando em sua cabeça.

***

***

Ela segue Daniel pelos corredores frios e amedrontantes, onde a luz fraca não alcança as profundezas da casa. As paredes, de um vermelho escuro e acabamento marrom, exibem texturas ásperas, rachaduras e áreas de pintura descascada, revelando a idade da construção. É como se os próprios corredores sussurrassem segredos em tons abafados.

Seus passos são hesitantes, mas determinados, e a cada leve rangido das tábuas velhas do assoalho sob seus pés, seu coração parece falhar por um segundo.

"Daniel, isso já não tem mais graça!" Ela chama, com a voz frustrada, que ecoa pelas paredes texturizadas antes de se perder na escuridão. "Por favor, aparece! A sua mãe pediu para a gente não entrar nesse lado da casa, lembra?"

Mas seu apelo é engolido pelas sombras. A única resposta vem é o som inquietante dos passos de Daniel e de suas risadas que começa a se distorcer, adquirindo um tom sinistro, semelhante ao arrastar de correntes pelo chão. Lutando contra a apreensão que cresce em seu peito, Isabella sente a respiração falhar. Cada canto revela mais do estado de abandono da mansão, móveis cobertos por lençóis empoeirados, retratos pendurados com rostos obscurecidos, e uma escuridão constante que parece devorar a luz ao invés de deixá-la passar.

Ela hesita, mas a necessidade de encontrar Daniel a impulsiona adiante, determinada a acabar com aquele jogo perturbador. Ela se demara diante de uma porta e com a mão trêmula, alcança a maçaneta — o metal é frio e pouco acolhedor ao toque.

"Daniel? Estou abrindo a porta. É melhor que você não esteja tentando me assustar," avisa, a voz quase um sussurro diante do silêncio opressor.

A porta range ao se abrir, num som alto demais para o silêncio ao redor, revelando um antigo quarto de bebê.

***

Ao entrar no quarto, Isabella sente um frio percorrer todo o corpo. O cômodo, envolto em sombras e poeira, parece intocado pelo tempo, mas carregado de uma presença estranha e inquietante. Espalhados por toda parte, há caixas, brinquedos, relatórios policiais e jornais amarelados, cada item uma peça do passado sombrio daquele lugar. Em meio ao caos, permanecem dois berços idênticos, e na parede algumas fotos de bebês gêmeos, com seus sorrisos congelados no tempo.

Chegando mais perto das fotos, o coração de Isabella quase para ao reconhecer o rosto familiar.

"É ele... é o Daniel", murmura para si mesma, passando o dedo pelo rosto de um dos bebês. Seu olhar então se volta para o outro gêmeo, e uma sensação de pressentimento aperta seu peito. Um nó de angústia começa a se formar em seu estômago.

Isabella se ajoelha e começa a vasculhar os papéis e relatórios espalhados pelo quarto. Suas mãos tremem ao abrir um dos jornais, a manchete grita sobre uma tragédia ocorrida em uma creche local, anos atrás. O artigo descreve uma cena horrível: três professoras brutalmente assassinadas em um ataque sem sentido. Os bebês foram encontrados cercados pelo sangue das vítimas, mas um deles desapareceu e nunca mais foi encontrado.

"O Daniel tem um irmão gêmeo?" Isabella lê em voz alta, a voz trêmula, o horror se revelando em seu olhar à medida que percorre os detalhes macabros do massacre. Cada uma das professoras havia sido cortada em seis partes, e cruzes invertidas foram entalhadas com facas em suas testas. Ela vasculha os arquivos policiais lacrados que estavam por perto e encontra algumas fotos, ainda mais perturbadoras do que poderia imaginar.

Enquanto absorve o peso dos acontecimentos descritos, uma mudança sutil no ar a faz parar. Um arrepio inexplicável percorre sua pele e ela tem a sensação de estar sendo observada. Porém, os detalhes da história trágica a absorvem de tal forma que ela se distrai, não notando uma presença cada vez mais próxima no canto escuro do quarto.

De repente, um grito distante rompe o silêncio, vindo do outro lado da casa. É Lily, chorando desesperadamente. Sem pensar duas vezes, Isabella joga os papéis no chão às pressas e sai correndo do antigo berçário, guiada pelo som angustiante do choro que ecoa pelos corredores escuros.

***

Ela entra desesperada no quarto de brinquedos, com o coração quase explodindo, esperando encontrar a bebê. Mas a sala está vazia, Isabella entra em pânico e um nó se aperta em seu estômago.

"DANIEL!", ela grita, examinando o quarto freneticamente em busca de qualquer sinal das crianças.

A tensão no ar piora quando Emily entra no quarto, com Lily nos braços e o rosto contorcido de fúria.

"Isabella, como você pôde?", ela explode, a voz cortante como uma navalha, "Deixou a Lily sozinha? SEM PROTEÇÃO! Você tem ideia do que poderia ter acontecido? Quantas vezes eu te avisei!?"

O pensamento de Isabella volta imediatamente às revelações perturbadoras que descobriu no antigo berçário dos gêmeos e ela recua diante da intensidade nos olhos de Emily, sentindo um medo que jamais havia experimentado.

"Emily, me... me perdoa. O Daniel saiu correndo, e eu achei que... eu precisava encontrá-lo" balbucia, sua tentativa de justificar-se perdida no meio da fúria de Emily.

"Perdoar? PERDOAR?" ela avança, cada palavra mais dura que a anterior. "A segurança da minha bebê é sua responsabilidade e você optou por correr atrás das fantasias desse menino?" Seu olhar se fixa na Isabella, fazendo-a se sentir pequena, vulnerável, como uma criança sendo repreendida.

"Isso é inacreditável. E pensar que confiei em VOCÊ!", continua Emily, o peso da decepção esmagando Isabella.

Tentando se defender, ela começa a gaguejar, "Eu achei que o Daniel estivesse em perigo... eu... eu... eu pensei que Daniel estava em perigo... eu—"

"CHEGA!", Emily a interrompe, sua voz reverbera pela casa. "Suas desculpas não significam nada. Você falhou no único trabalho que confiei a você."

A discussão é abruptamente interrompida pelo som da porta da frente se abrindo. Agatha entra.

"O que está acontecendo aqui? Por que essa gritaria toda?" ela pergunta, olhando para Emily, que tem o rosto tomado de fúria por Isabella, que está visivelmente abalada.

Emily permanece impassível diante da presença de Agatha, mantendo-se firme, em suas palavras. "Não consigo nem olhar para sua cara. Você colocou meus filhos em perigo. Minha família. Some de minha vista!" E com essas últimas palavras ela sai segurando a bebê no colo.

Isabella fica paralisada, tremendo, o medo diante da fúria de Emily se mistura à culpa que lhe corrói por dentro.

O toque delicado de Agatha em seu ombro a traz de volta ao presente.

"Querida, você está bem?", pergunta preocupada.

A simples gentileza em sua voz leva Isabella às lágrimas. "Eu... Eu estou tão preocupada com o Daniel", ela consegue dizer, as palavras sufocadas por seu medo crescente e pela seriedade da situação.

"Por ora, não se preocupe com ele. Tenho quase certeza de que está apenas brincando com tudo isso. É curioso como, tão cedo, as crianças já começam a absorver certas... influências do mundo."

Isabella sente uma estranheza.

"Venha, vamos dar uma volta", sugere Agatha, levando ela em direção à porta. "Você precisa respirar, espairecer".

***

Ao saírem, elas são recebidas pelo ar fresco pós-chuva. O céu, parecendo uma pintura de nuvens pesadas, esconde o pôr do sol, criando um crepúsculo escuro. O chão ainda encharcado, acumula poças de lama.

Enquanto caminham em silêncio, Isabella sente o nó de ansiedade em seu peito começar a se desfazer, cada passo parece afastá-la um pouco mais do caos que acabara de vivenciar. Agatha caminha ao seu lado num ritmo tranquilo e inicia uma conversa leve.

"É curioso, não é? Como o silêncio pode dizer tanto?" comenta Agatha, lançando a ela um olhar de expressão indecifrável.

Isabella apenas assente, ainda digerindo as revelações do dia. A vontade de dividir o peso do que descobriu pulsa forte, e, sem pensar muito, ela começa a se abrir com Agatha sobre os segredos perturbadores do antigo berçário e a descoberta do irmão gêmeo de Daniel.

"Emily... ela é tão protetora com a bebê. E agora, entendendo a profundidade da perda deles, eu não consigo imaginar", confessa ela, com a voz carregada.

Agatha ouve atentamente, sua reação mescla surpresa com uma emoção sombria e complexa que Isabella não consegue identificar.

"De fato... o fardo de uma tragédia dessa magnitude é capaz de transfigurar por completo o curso da existência de alguém" diz Agatha, em um tom sereno, quase contemplativo.

A conversa se volta para Daniel, e Isabella compartilha suas observações sobre o irmão "imaginário".

"Ele desenhou dois meninos, idênticos em todos os aspectos. É como se estivesse tentando se conectar com o irmão que perdeu."

A resposta de Agatha é ponderada, com um tom sombrio.

"Ouvi sussurros sobre o massacre naquela creche... mas imaginar que foi o bebê deles quem desapareceu..."

À medida que elas se aprofundam na conversa, um clima inquietante começa a envolvê-las. Uma revoada escura de corvos desce do céu nublado e pousa nos galhos das árvores próximas. A presença deles quase que ameaçadora, mas aparentemente despercebida por elas.

Então, o riso de uma criança rompe o ar de fim tarde, fazendo Isabella olhar para a floresta, ao lado da rua. Por um instante, ela pensa ver Daniel entre as árvores, sua silhueta oscila como uma miragem.

"Daniel?", ela sussurra para si, com o coração apertado na garganta, enquanto a voz de Agatha se dissolve ao fundo.

A visão do que acredita ser Daniel puxa Isabella para

longe. Seus pés se movem antes mesmo que sua mente compreenda a decisão.

"Daniel, espera! Por favor!", ela grita, o desespero marcando sua voz enquanto avança pela floresta.

Seu trajeto a leva para uma área mais densa. Árvores altas e majestosas se erguem, com galhos que se entrelaçam para formar uma edificação natural que se estende para o céu com densas folhas verde-escuras e marrom-escuras. A luz é filtrada, tornando-se um brilho fraco e verdejante que mal chega ao chão da floresta.

Ela ouve seu nome sendo chamado por Agatha, agora um eco distante.

Ao redor, a floresta parece viva, uma presença antiga como o tempo, que a observa com olhos invisíveis. O vento sussurra entre as folhas, carregando segredos e cantos em uma língua há muito esquecida pelos homens.

Isabella sente-se quase enfeitiçada enquanto segue adiante, percebendo que está sendo guiada pelas ondas do oceano e pelas risadas de uma criança.

O cheiro de fumaça, forte e inesperado, atravessa o ar, confundindo os sentidos de Isabella. Ela faz uma pausa, dividida entre continuar a ir em direção da risada de Daniel ou checar o cheiro alarmante de fogo.

Instintivamente, ela decide seguir o cheiro de fumaça, entrando mais fundo na floresta, onde o aroma de madeira queimada se intensifica a cada passo.

Até que, ao se aproximar de uma clareira, se depara com uma cena que mais parece um pesadelo, o espaço é iluminado por uma enorme fogueira, cercada por um grupo de mulheres nuas envolvidas em um ritual que arrepia até a alma.

O clima é denso, quase sufocante. O ar parece carregado de uma energia sombria. As mulheres se movem com precisão e intenção, seus cantos ecoando em um ritmo que sobe e desce junto às labaredas que estalam violentamente.

No centro da clareira, uma mulher loira, de cabelos longos, inclina-se sobre outra mulher — amarrada, indefesa e completamente à mercê do que acontece ali.

Sob a iluminação sinistra da fogueira, a mulher no centro do ritual é uma figura de profundo desespero. Seu corpo está amarrado a um caule fino, porém forte, do que já foi uma árvore, com cordas ásperas que ferem sua pele. Ali ela permanece, sem esperança, como uma peça central involuntária desse ritual.

Banhada pelo brilho das chamas, sua pele é marcada por sombras e luzes que se mexem, dando-lhe uma aparência quase etérea. Seu cabelo, um lindo loiro dourado escuro, desce em cascata sobre os ombros, complementando seu vestido branco. Um colar de prata com o que parece ser a letra "**M**" está pendurado em seu pescoço, embora, à distância, Isabella não consiga ter certeza. Apesar do medo que castiga as feições da mulher, há resiliência em seus olhos, esses mesmos olhos encontram os de Isabella em um pedido silencioso de socorro.

Quando a lâmina do ritual brilha sob a luz do fogo e começa a descer em direção ao corpo indefeso da mulher, Isabella leva sua mão à boca em uma tentativa desesperada de conter um grito. Lágrimas de horror escorrem por seu rosto, paralisada diante do terror. O pavor, bruto e avassalador, toma conta de seu corpo à medida que o torso da mulher é rasgado e o ritual atinge seu clímax. O ar se enche de cheiro metálico de sangue misturado à fumaça, enquanto cinzas começam a cair como neve negra ao redor de Isabella, marcando-a como uma testemunha involuntária daquele ritual profano. Os cânticos

das mulheres ganham força, vibrando com uma melodia sombria que parece invocar algo ainda mais sombrio.

A visão de Isabella começa a embaçar e escurecer. Ela sente o mundo girar ao seu redor, seus sentidos se desfazendo. A realidade que a cerca torna-se insuportável, e a escuridão começa a invadir lentamente sua visão periférica. Tudo se apaga, e a inconsciência finalmente a engole.

CAPÍTULO

05

Isabella acorda com o coração disparado, batendo tão forte que parece querer sair do peito. Pelo som de sua gatinha ao lado, ela reconhece que está em seu quarto. Aquele cheiro horrível invade o lugar novamente, tão intenso que revira seu estômago. Instintivamente, ela corre até a janela, esperando ver o fogo iluminando a noite, mas tudo o que encontra é um breu absoluto. O ar fresco entra, tentando dissipar o odor sufocante.

Sua mente está a mil, tentando entender tudo que acabou de acontecer. *Como ela veio parar no quarto? Quem eram aquelas mulheres?*

Isabella abre a porta e pisa no corredor escuro. Antes que possa dar mais um passo, sente uma mão firme segurar seu braço. Assustada, ela deixa escapar um suspiro.

Michael a olha com preocupação. "Isabella, você está bem?" Sua voz é suave, mas tensa.

Isabella, ainda meio perdida, balança a cabeça devagar. "Não sei bem o que aconteceu. Só lembro de alguns *flashes*."

Michael franze a testa, "Meu pai e eu estávamos voltando do trabalho quando a Agatha apareceu no meio da rua, ela estava desesperada, dizendo que você tinha corrido para a floresta. A gente te encontrou não muito longe dali, desmaiada no chão."

Ele faz uma pausa, analisando o rosto confuso dela por um momento antes de continuar. "Verificamos seus sinais vitais. Sua pressão estava muito baixa, provavelmente por isso você desmaiou. Você comeu alguma coisa hoje?"

Aos poucos sua memória começa a clarear. "Onde está o Daniel? Por que eu estava na floresta?..." Sua voz começa sussurrante, mas vai aumentando de volume à medida que seu sentimento de preocupação retorna. "Onde está o Daniel? Foi por isso que eu entrei na floresta! Ele estava lá... E eu saí correndo atrás dele. Onde ele está agora?" Ela pergunta com a voz agitada.

"Calma, ele está bem, já está dormindo. Vem, eu te mostro." Michael responde com um tom tranquilo.

Enquanto caminham em silêncio até o quarto de Daniel, Isabella percebe que a porta do quarto do casal está entreaberta. Eles ouvem vozes abafadas, Martin e Emily estão discutindo. Não dá para entender as palavras, mas a tensão no ar é evidente.

Eles chegam ao quarto de Daniel e, espiando pela fresta da porta, Isabella vê que ele está dormindo tranquilo. Seu coração começa a desacelerar. A voz de Michael, interrompendo seu alívio.

"Vamos pegar algo para você comer e tomar um pouco de ar fresco. Você está precisando." ele diz carinhosamente.

Isabella concorda, sentindo-se grata por ele estar ali. Enquanto caminham juntos, a tensão de antes vai ficando para trás, substituída pelo som tranquilo dos passos de Michael ao seu lado.

***

No terraço da casa, Isabella e Michael sentam-se lado a lado com os restos de uma pizza entre eles. A vasta colina que se estende diante deles ao longe e em algum momento se encontra com a extensão escura do oceano. A vista é incrível, e Isabella não consegue desviar o olhar da paisagem.

Michael percebe o encanto dela e se aproxima um pouco mais, falando baixo, enquanto a brisa da noite carrega sua voz. "Lindo, né? Consegue ver ali?" ele aponta com o dedo. "Do outro lado do mar é Salem. Você já ouviu falar de Salem, no Brasil?"

Isabella, curiosa, faz que sim com a cabeça. "Sim, em livros e filmes... Deve ser estranho morar tão perto de um lugar com tanta história sombria."

Eles continuam jantando no terraço, entre conversas leves e pedaços de pizza. Mas, aos poucos, a mente de Isabella volta para tudo o que aconteceu naquele dia. Ela hesita por um instante antes de olhar para Michael, com um ar de culpa.

"Desculpa por tudo que aconteceu hoje, Michael, o hospital, a floresta... Eu só queria ter certeza de que as crianças estavam bem", começa, com a voz carregada de arrependimento. "E deixar a Lily sozinha... tô me sentindo muito mal por isso. O Daniel saiu correndo, e ela estava dormindo tão profundamente, eu pensei..." Isabella faz uma pausa para respirar. "Michael... enquanto eu procurava o Daniel, acabei encontrando um berçario antigo na sua casa... Sinto muito pelo que aconteceu..." Seus olhos começam a encher de lágrimas.

Michael a escuta em silêncio, seu rosto se fecha ao ouvir sobre o quarto. "Então você encontrou...?", ele fica momentaneamente sem expressão.

Isabella acena que sim com a cabeça, "Sinto muito, Michael. Eu não queria ser intrometida."

"Está tudo bem", ele a tranquiliza. Sua voz é suave, mas carregada de tristeza. "Você não tem nada pelo que se desculpar. É uma parte da nossa história. Não tem como ignorar, por mais que tentemos. Meu pai... ele é um grande homem, mas sempre teve dificuldade em encarar as emoções de frente. Por isso, nunca falamos sobre isso. Mas não significa que não nos importamos. A gente passou anos procurando pelo meu irmão, mas nunca encontramos nenhum rastro dele..."

"Não consigo nem imaginar como isso tem sido difícil para todos vocês." Ela fala, tocando o seu ombro gentilmente, "O Daniel sabe que tem um irmão gêmeo?"

"Não", Michael balança a cabeça. "Achamos melhor não contar a ele. Manter a infância dele o mais normal possível."

Isabella hesita por um momento.

"Recentemente ele começou a desenhar um menino que se parece com ele, e disse que é seu irmão...", com um tom cauteloso ela continua. "Você acha que sua mãe decidiu contar para ele?"

Michael ri, embora com um tom de tristeza. "Emily não é minha mãe, só para você saber. E eu duvido que ela teria contado para ele. Depois do que aconteceu, ela ficou emocionalmente instável, se culpando o tempo todo. Ela fez questão que o Daniel fosse sempre educado só em casa para proteger ele de qualquer perigo ou verdades indesejadas. Então acho muito difícil ele saber... a não ser que tenha encontrado uma foto, talvez."

Isabella abaixa levemente a cabeça, sentindo no peito a dor de Emily, "Agora entendo porque ela age assim... Tudo faz sentido", diz, quase que em um sussurro.

O silêncio que surge entre eles é confortável, mas cheio de pensamentos não ditos, enquanto ambos contemplam a paisagem banhada pela luz suave das estrelas no céu. Rapidamente, ela desvia o olhar de volta para Michael. *Ele é tão lindo, com os cabelos quase cobrindo seus olhos cor de avelã.* Michael continua observando o céu. Isabella começa sentir o coração disparar e as mãos suarem.

Ele aponta para o céu, "Está vendo aquele grupo de estrelas bem ali? É a Cassiopeia. Tem o nome de uma rainha vaidosa da mitologia grega. Ela se gabava de sua beleza incomparável, o que a levou a ser colocada no céu como um lembrete de sua arrogância."

Isabella segue o olhar dele, "Uau. Eu não sabia que havia histórias por trás das estrelas... você conhece outras?"

Empolgado com o interesse dela, Michael se inclina ainda mais para perto dela, e aponta para outra parte do céu.

"Ali, Órion, o caçador. As três estrelas alinhadas formam seu cinturão. A lenda diz que ele era um caçador incrível, e você pode ver seus cães de caça, Canis Major e Canis Minor, próximos no céu".

Isabella sorri ainda mais encantada por Michael, "É como se as estrelas estivessem nos contando histórias."

"Exatamente", ele concorda. "Minha mãe adorava essas histórias. Ela costumava dizer que as estrelas eram como velhas amigas, cada uma com suas próprias histórias e segredos. Ela me ensinou tudo o que sei sobre as constelações das estrelas..."

Isabella sente que as palavras começam a sair mais dolorosas dos lábios dele, enquanto ele continua, "A gente costumava viajar só para ver certas constelações nas melhores épocas do ano", ele diz emocionado.

Antes que se forme um silêncio, Isabella toca novamente em seu ombro e, com a voz suave, pergunta, "O que aconteceu com ela? Se você não se importa que eu pergunte, é claro."

Com a voz engasgada ele responde. "Ela desapareceu... e, depois de meses procurando a minha mãe, Robert, o policial responsável pelo caso, só encontrou o vestido que ela estava usando no dia do desaparecimento, cheio de sangue..." ele pausa e respira antes de continuar. "Então, ficou concluído que ela foi assassinada", diz ele. O peso de suas palavras é evidente. "... o corpo dela nunca foi encontrado." O silêncio permanece no ar por um momento.

"Sinto muito Michael... isso tudo é tão injusto..." ela fala quase que em um sussurro. Michael acena de leve com a cabeça, as estrelas refletem em seus olhos enquanto ouve as palavras confortadoras de Isabella.

"Sabe... minha família parecia perfeita no passado. Minha mãe era tão doce e carinhosa, e meu pai era tudo para mim, engraçado, sempre presente, meu melhor amigo. Mas então ele começou a mudar e logo foi diagnosticado com esquizofrenia. Minha mãe o amava, pelo menos é o que ela diz... ela ficou desesperada, tentou de tudo para ajudá-lo durante meses. Até que um dia, ela foi longe demais..." ela faz uma pausa enquanto as lembranças começam a voltar. Isabella sente que as palavras se enroscaram na sua garganta tentando não sair, mas tenta continuar.

"Ela misturou hidróxido de cálcio na água dele, e tentou matar o meu pai. Mas o destino gosta de pregar peças, e meu pai me viu entrando em casa, voltando da escola de bicicleta. Ele me ofereceu sua água. Acabei tomando um gole, minha mãe entrou na cozinha gritando e jogou o copo no chão. Passei semanas no hospital por causa daquele gole."

Michael ouve atentamente, seu rosto com uma expressão de choque.

"Meu pai ficou furioso e seus episódios começaram a ser mais frequentes, pois ele pensava constantemente que minha mãe estava tentando matar ele." A voz de Isabella era suave, porém distante, enquanto as estrelas acima deles pareciam uma plateia silenciosa para sua história. "A culpa da minha mãe quase consumiu ela por completo depois do que aconteceu. Então, ela se voltou para a igreja, para Deus, em busca de perdão. Ela prometeu tudo o que podia, acreditando que um milagre pudesse curar meu pai e apagar todo o passado. Fez promessa após promessa."

Ela solta um suspiro, refletindo um sorriso melancólico. "E a coisa mais estranha aconteceu. Meu pai começou a melhorar e seus episódios se tornaram menos frequentes. Mas não foi graças às promessas que ela fez e sim pelos tratamentos, os medicamentos. Mas, ela se convenceu de que tudo isso era graças às suas barganhas com Deus. Ela até começou a agir como se fosse uma profeta Divina".

O sorriso de Isabella desaparece e seu olhar fica perdido nas memórias. "Ela mudou drasticamente após isso, ficou muito exigente... severa. Queria que meu pai pagasse pelas promessas que ela fez em nome dele. Ela o chamava de 'louco' em qualquer oportunidade. E começou a ser demais para ele."

Isabella baixa o olhar, a voz quase um sussurro. "Então, ele foi embora sem dizer adeus... me abandonou, me deixou sozinha com uma versão da minha mãe que eu mal reconhecia. Eu tinha mais ou menos a idade do Daniel e minha irmã tinha apenas dois anos." Ela pausa novamente para retomar o fôlego, "Eu ouvi dizer que ele começou uma nova vida, em algum lugar fora do Brasil, e parece que viaja pelo mundo com sua nova família."

Ela olha para cima tentando conter as lágrimas prestes a cair. "Eu tinha que estar com raiva dele, né? Mas vejo muito de mim nele. O desejo de explorar, de fugir. É por isso que estou aqui, o mais longe possível. E, na verdade, foi por isso que escolhi esta cidade, perto de Salem, para debochar da minha mãe e suas teorias malucas sobre o mal, demônios, bruxas..."

Michael olha para ela e os dois começam a rir.

Junto com o seu sorriso, outra memória surge em sua mente e ela continua, "Desde que ele foi embora, eu comecei a escrever um diário. Todas as noites, eu escrevo como foi meu dia, meus pensamentos, tudo... com a esperança de que, um dia, a gente possa nos reconectar, que ele possa conhecer minha vida com minhas palavras."

Seu sorriso diminui, "Eu sei que parece bobagem..."

Michael interrompe rapidamente. "Não, não é bobagem. É lindo", insiste ele com sinceridade. "Qual é o nome do seu pai?"

"Luís", ela responde, e uma única lágrima desliza por seu rosto ao pronunciar o nome dele.

Michael estende a sua mão e seca gentilmente a lágrima que ainda escorre pelo rosto de Isabella. Os seus olhares se encontram causando uma sensação de constrangimento e Michael, um pouco sem jeito, joga uma piada para tentar descontrair. "Se a nossa vida fosse um jogo, a gente já teria desbloqueado o nível 'sobreviventes profissionais'." Ele diz em tom divertido, e Isabella começa a rir. E com um sorriso no rosto ele a observa.

"Sabe, você realmente deveria aproveitar mais seu tempo livre. No próximo sábado, meus amigos vão dar uma festa. Você deveria ir comigo. Vai fazer bem para você."

O coração de Isabella acelera e seus lábios voltam a sorrir.

***

Isabella está de volta ao seu quarto, encarando a tela do computador. O brilho suave ilumina seu rosto enquanto aguarda sua amiga Nathalia, com quem vinha tentando falar desde que chegou à casa da *host family*.

"Finalmente, Nathalia! Achei que tu tivesse sumido" brinca Isabella, aliviada, com um toque de irritação leve na voz.

O rosto de Nathalia aparece na tela, com um sorriso culpado, mas carinhoso.

"Desculpa Isa, tu sabe que eu te amo. A faculdade tá uma loucura. Mas me conta tudo. Quantas fofocas eu perdi?!"

A irritação de Isabella logo desaparece enquanto ela começa a contar tudo o que viveu desde que chegou — omitindo as partes mais pesadas.

As risadas de Nathalia ecoam pelos alto-falantes, um som que Isabella não sabia o quanto sentia falta.

"Tu sempre se dá bem, né? E me conta mais desse Michael e histórias de estrelas. Quem diria tu apaixonada."

Isabella sente o rosto esquentar de vergonha, "Quer saber por quem eu tô realmente apaixonada? Vou te mostrar..." Isabella se abaixa, pega com cuidado sua gatinha, que dormia em cima de seus pés, e a mostra na câmera.

"Ai meu Deus! É menina ou menino?" pergunta Nathalia, empolgada.

"É uma menina, mas eu ainda não dei um nome para ela." Isabella responde enquanto abraça sua gatinha.

"Isa, eu preciso ir. Vamos conversar logo, tá bom?", Nathalia interrompe. Elas se despedem e encerram a ligação.

No silêncio do quarto, o único som é o leve teclar dos dedos de Isabella no computador. Enquanto pesquisa na internet, seu coração acelera a cada nova linha que aparece na tela, revelando a história sombria da tragédia na creche. Palavras como **"crime não resolvido"** e **"massacre"** parecem saltar da tela, ainda mais assustadoras na penumbra do seu quarto, deixando o ar ao seu redor pesado e sufocante.

Seus olhos correm pelas palavras na tela, e, a cada frase, é como se as letras ganhassem vida diante dela. O brilho frio do monitor ilumina seu rosto enquanto sua mente cria as cenas descritas, tornando cada detalhe ainda mais real. Seu estômago revira, é como se estivesse dentro da história, ouvindo os gritos, vendo os rostos, sentindo o medo no ar. O mundo ao redor desaparece, restando apenas a história se desenrolando diante de seus olhos, nítida, assustadora, impossível de ignorar.

De repente, um arrepio percorre sua pele, como se dedos gelados deslizassem pelo seu pescoço. O quarto, escuro e iluminado apenas pela tela, parece ainda mais sombrio, os cantos tomados por sombras profundas. Uma sensação estranha cresce dentro dela, a impressão de que não está sozinha. É quase como se algo estivesse ali, bem atrás dela, observando... esperando.

Isabella respira e, com os dedos trêmulos, desliga o computador. A tela se apaga e, de repente, o quarto é tomado pela escuridão. Ela acende a luminária ao lado da cama, pega o diário e a caneta, e corre para a cama. Sua gatinha vem atrás, tentando brincar e agarrar seus pés antes de pular na cama e se aconchegar ao seu lado.

Isabella abre seu diário, refúgio dos seus pensamentos e ponte silenciosa com o pai. Com a caneta na mão, começa a escrever, como se estivesse conversando com ele. Seus olhos acompanham atentos cada palavra que vai surgindo na página.

Hoje foi mais um dia daqueles, cheio de coisa acontecendo, e aqui estou eu de novo, te escrevendo, tentando entender tudo. O Michael foi tão querido comigo hoje. Só de lembrar dele, fico com um sorriso bobo no rosto, nem dá pra disfarçar. Engraçado como alguém que conheço há tão pouco tempo já mexe tanto comigo. Mas, vou te contar... hoje vi uma coisa que me deixou bem mexida. Eu juro que vi sangue na mamadeira da bebê. Foi tão estranho, parecia cena de filme. Mas depois, do nada, o leite voltou ao normal, branquinho. Fiquei com aquilo na cabeça... a mãe sempre falava que a loucura corria no meu sangue, e eu não consigo parar de pensar... será que é assim que começa?

05 de Abril, de 2004

Isabella para de escrever e esfrega os olhos, sentindo o cansaço bater.

Sua gatinha se deita em cima do diário, arrancando um leve sorriso de seus lábios. O ronronar baixinho preenche o quarto enquanto Isabella faz um carinho na cabecinha dela antes de colocá-la no chão.

Em seguida, fecha o diário e, com o coração apertado, deixa-o na escrivaninha. Ela apaga a luz e se deita ao lado da gatinha, que já havia pulado na cama.

CAPÍTULO

o6

No silêncio da madrugada, o sono de Martin está longe de ser tranquilo, seu corpo se contorce, como se ele estivesse preso em um pesadelo que parece real demais. Gotas de suor se formam em sua testa, escorrendo pela pele como se ele estivesse correndo, fugindo de horrores invisíveis que o perseguem no sono. Sua respiração é irregular, pesada, como se lutasse para atravessar um labirinto sombrio dentro de sua própria mente.

De repente, com um suspiro ofegante que rompe o silêncio, seus olhos se abrem bruscamente. Por um instante, ele permanece imóvel, desorientado. Os vestígios do pesadelo ainda grudados nele como teias de aranha.

Lentamente, como se fosse puxado por uma força invisível, ele se senta na cama. Seu olhar se volta para Emily, que dorme tranquilamente ao seu lado.

Há um momento breve e inquietante, como se um sussurro, destinado apenas a ele, deslizasse pelo ar, incitando-o a se levantar.

Impulsionado por esse chamado mudo, Martin se põe de pé. Seus movimentos são lentos, como se uma parte dele ainda estivesse presa no mundo dos sonhos. Seus olhos estão bem abertos, mas não enxergam, parecem perfurar a escuridão, fixos em algo que só ele é capaz de ver. A cada passo, seus pés o conduzem adiante. Seu andar é mecânico e rígido, como o de um homem sob um feitiço, seguindo um sussurro que ninguém mais consegue ouvir.

Os corredores longos da casa avançam diante dele. As tábuas do assoalho rangem sob seu peso de forma ameaçadora. Seria um aviso? Quem sabe um presságio? Já as sombras, aparentemente se desviam e brincam ao longo das paredes enquanto ele se desloca.

Ele para diante de uma porta em especial, aquela envolta em memórias e segredos, a antiga porta do berçário.

O tempo parece prender a respiração enquanto ele permanece ali, parado, o sussurro que o guiava agora silenciado. Então, com um rangido que ecoa pelo silêncio da casa, a porta se abre sozinha, revelando o interior do quarto, banhado pela luz pálida da lua.

Martin entra. O berçário o recebe com o cheiro dos

dias esquecidos e o peso de um passado que paira no ar como poeira. Os brinquedos, os dois berços, os relatórios policiais, as caixas. Ele avança, como um homem assombrado, seguindo mais fundo para dentro do cômodo, como se as próprias paredes murmurassem segredos destinados apenas a ele. Ele para diante do retrato dos gêmeos pendurado na parede, encarando por um instante. É então que ouve, atrás de si, outra porta se abrindo lentamente.

***

O sono de Isabella também é inquieto, como se a própria essência da casa tivesse invadido os sonhos de alguns naquela noite, determinada a revelar seus segredos mais sombrios.

Ela está encharcada de suor e ofegante. O sonho a arrasta novamente para a cena horrível na floresta, lugar escuro e frio, onde sua respiração se materializa diante de seus olhos como fantasmas no ar gelado.

Ela se vê se aproximando do brilho sinistro da fogueira, o ritual se desdobrando diante dela novamente. Apesar de cada célula do seu corpo implorar para que se vire, para que fuja, seu corpo a trai, não obedece ao seu desespero. Ao olhar para baixo, incrédula, vê seus pés descalços avançando contra sua vontade, a pele exposta ao frio cortante da noite. Ela então percebe que está nua, vulnerável, e sua voz se perde no grito mudo que ecoa apenas dentro de sua mente. A distância entre ela e o ritual diminui inevitavelmente. A roda de mulheres nuas ao redor do fogo interrompe sua dança para fixar os olhos nela, como se julgassem seu papel naquele cerimonial macabro.

Ao chegar perto, os olhos da vítima encontram os seus, pedindo compaixão.

"Por favor, eu tenho um filho para quem preciso voltar...", a mulher diz baixinho, quase engolindo as palavras de tanto desespero, "...e estou grávida... por favor..." Lágrimas escorrem por seu rosto, um apelo desesperado pela sua vida frente ao horror indescritível.

Isabella fica imóvel, observando dentro de um corpo que já não parece lhe pertencer. Suas mãos, como se estivessem sendo controladas por uma vontade além de seu alcance, encontram no chão uma faca pequena, mas pesada e muito afiada. Ao tocá-la, um arrepio de pavor percorre seu corpo, o metal gelado parece canalizar uma força maligna direto para sua alma.

Forçada pelo pesadelo, sua mão trai sua mente, horrorizada, movendo-se com um propósito sombrio. Ao cortar o ventre da mulher, o sangue jorra sobre o vestido branco e respinga no colar de prata. Agora, mais próxima, Isabella consegue ver claramente a letra "**M**" pendurada no pingente. Os gritos da mulher ecoam pela floresta, enquanto Isabella remove o feto de dentro da vítima. Ao olhar para baixo, ela não consegue acreditar no que está em suas mãos.

Uma presença ainda mais sombria se aproxima. Apesar de evitar olhar diretamente para seu rosto, a sensação ao seu lado é inegavelmente inumana. Ela se vê entregando o feto a essa entidade maligna, sentindo sua alma ser drenada no processo, como se uma parte de sua essência fosse levada junto. Ao olhar para trás, vê as outras mulheres cortando e devorando partes do corpo da mulher sacrificada, bebendo seu sangue. Os olhos da vítima permanecem abertos, sem vida, fixos em Isabella. A faca, agora uma extensão de sua mão, completa sua tarefa macabra, deixando Isabella paralisada, encarando com incredulidade o sangue que cobre sua pele, enquanto o cheiro metálico invade o ar. Um impulso desesperado de fugir, de gritar, toma conta dela. Com um último resquício de força de vontade, seus dedos se abrem, deixando a faca cair no chão com um som seco.

Ela acorda ofegante, enquanto o terror do sonho ainda se mistura à realidade do quarto. Isabella tenta se agarrar ao presente, mas as imagens viscerais continuam pulsando dentro dela. Nunca, em toda a sua vida, sentiu algo assim — um medo real de algo em que nunca acreditou. *Será que sua mãe estava certa esse tempo todo?*

Isabella sente a boca seca, uma aridez incômoda que parece grudar em sua garganta, como se o medo tivesse evaporado até a última gota de saliva. Ela olha para a gatinha, que boceja ao seu lado, e a acaricia, tentando se reconectar com a realidade.

Estende a mão para pegar o celular e checar as horas, mas a tela escura exibe apenas o símbolo de bateria descarregada.

Reunindo suas forças, ela respira fundo, tentando se recompor, e gira as pernas para fora da cama até que os pés toquem o chão. O frio inesperado do assoalho contra a pele a faz estremecer. Ela calça as pantufas, macias e quentes. Envolvendo-se no casaco pesado, ela se protege contra o ar gelado que parece querer se infiltrar até seus ossos.

Com passos cautelosos, Isabella se aproxima da porta do quarto. Sua mão hesita na maçaneta, o coração disparado entre a apreensão e o medo persistente.

Abre a porta apenas uma fresta, espiando o corredor pouco iluminado à frente.

Seus olhos percorrem cada sombra, cada canto, em busca de qualquer sinal do desconhecido. Não vendo nada fora do lugar, empurra a porta um pouco mais e pisa no corredor, fechando-a em silêncio atrás de si.

Seus passos são contidos, quase tímidos, e o silêncio da casa é profundo, uma quietude que amplifica cada som, fazendo as batidas do seu próprio coração ecoarem com intensidade em seus ouvidos.

De repente, um ruído agudo rompe o silêncio, o som inconfundível de madeira estalando sob os pés. O coração de Isabella acelera, pulsando na garganta, e seu corpo se tensiona. Ela olha instintivamente para trás, em direção à fonte do barulho. Do corredor escuro que leva ao antigo berçário, sai uma figura. Martin. Sua presença inesperada, andando com passos firmes. Por um momento, Isabella fica congelada, observando enquanto ele se dirige ao quarto dele, sem notá-la.

Com Martin agora fora de vista, Isabella continua em direção à cozinha.

***

Segurando uma caneca de chá quente, Isabella observa a noite pela janela da cozinha enquanto bebe lentamente, na esperança de acalmar seus nervos. Ela ouve o murmúrio distante do oceano se misturando ao uivo do vento.

Através do vidro, seu olhar se volta para o estúdio de Emily. A escuridão impede de ver os detalhes, mas, por um breve segundo, ela poderia jurar ter visto uma sombra. Um movimento sutil parece ter indicado uma presença lá dentro. Ela força os olhos, buscando qualquer sinal de movimento novamente, mas tudo permanece imóvel.

Ao virar para o outro lado, vê o telefone fixo próximo à mesa. Respirando profundamente, ela o pega e disca um número que sabe de cor.

"Alô?" A voz que a cumprimenta é rouca, mas inconfundivelmente a de sua mãe.

No momento em que os lábios de Isabella se separam para ela falar, um barulho repentino, seguido de gritos vindos do andar de cima, a interrompe. Sem pensar duas vezes, ela desliga, o coração disparado de preocupação e medo. Correndo em direção às escadas, ela deixa o chá para trás. Ao subir as escadas, ela passa rapidamente pelo grande retrato da família pendurado no topo. Pelo canto do olho, tem a impressão de que os olhos na foto acompanham seus movimentos. Ela não ousa olhar para trás.

***

À medida que Isabella se aproxima do quarto de onde vêm os gritos, o ar parece engrossar com a tensão. As vozes elevadas se transformam em berros, e ela também ouve o choro desesperado da pequena Lily. Ela para por um instante diante da porta, e se depara com uma cena de violência.

Lá dentro, Emily se debate com todas as forças para se livrar das mãos de Martin. Ele a segura pelo pescoço, e seu rosto está marcado por uma raiva tão intensa que Isabella mal consegue o reconhecer.

"Você é uma criatura maldita!" Ele gruta sem parar, seus olhos tomados por um delírio sombrio.

Em meio ao caos, Michael tenta argumentar com o pai, tentando afastá-lo de Emily. No embate, ele chama a atenção de Isabella, sinalizando com urgência.

“Pega a Lily e vai para o quarto do Daniel, não deixa ele entrar aqui!” Michael grita, instantes antes de ser atingido no rosto pelo cotovelo do pai. Seu corpo desaba no chão, inerte.

Com Michael fora da briga, Martin volta toda a sua força para Emily, apertando ainda mais o pescoço dela.

“Você é uma mulher doente, e perversa. Não merece nada além da morte!”, ele esbraveja, sua ira transbordando.

O rosto de Emily assume um tom roxo assustador enquanto ela luta desesperadamente para respirar.

Isabella se atira sobre Martin, movida por puro instinto, tentando interromper aquele ataque fatal. O esforço funciona. Emily cai no chão ofegante.

Mas o perigo está longe de acabar. Quando Isabella tenta verificar se Emily está bem, Martin se volta contra ela, dominado pela fúria.

“Você não devia ter se metido! Ela precisa pagar pelo que fez!” ele rosna, cravando as mãos no pescoço de Isabella.

Quase sem ar, com a visão começando a escurecer, uma das mãos tentando aliviar a pressão do punho de Martin, a outra tocando ao redor em busca de algo que possa usar para se defender, até encontrar um vaso ao seu alcance. Com o pouco de força que lhe resta, ela tenta acertar a cabeça de Martin. O vaso se estilhaça sobre ele, mas não surte efeito. Os contornos da realidade começam a se desfazer enquanto ela luta para respirar. Isabella passa a não ter mais consciência total do que é real.

Em um último ato de lucidez, ela agarra um caco do vaso quebrado. Com toda a força que ainda lhe resta, ela crava o estilhaço na garganta de Martin, sentindo o calor do sangue dele escorrer pela sua mão. Ele persiste, sua força é

inabalável, até que outro golpe desesperado o faz desmoronar sobre ela, já sem vida.

A respiração de Isabella retorna, ofegante, enquanto o mundo ao seu redor, aos poucos, retoma o foco, e ela volta a ouvir Lily chorando. Sobre ela, o peso imóvel do cadáver a prende no chão e o sangue de Martin, quente e pegajoso, cobre sua pele.

Com dificuldade, ela se contorce, tentando se libertar do peso morto que a oprime. É neste momento que vê um pequeno rosto horrorizado espiando pela porta, Daniel. Os olhos dele, arregalados de choque e medo, se fixam nos dela por um instante. O laço, o vínculo que estava começando a se formar entre eles se despedaça com o horror que ele acaba de testemunhar.

O coração de Isabella se aperta com uma agonia profunda, mais forte que qualquer dor física que esteja sentindo.

"Daniel...", ela sussurra, sua voz tão fraca que mal consegue ouvir. Mas já é tarde. O menino se vira e desaparece na escuridão da casa, como se estivesse fugindo de um pesadelo.

Lágrimas escorrem pelo rosto de Isabella, misturando-se ao sangue que cobre sua pele. Ela permanece ali, deitada em meio ao caos.

***

A cena ao redor de Isabella parece irreal, como se estivesse desconectada da realidade, uma cena de filme. Viaturas da polícia e ambulâncias transformam a noite em um cenário frenético. As luzes girando sem parar projetam reflexos distorcidos que dançam nos arredores. No meio daquele turbilhão, Isabella está em estado de choque, sentada na beira de

uma ambulância, com um cobertor branco sobre os ombros, manchado de sangue, assim como sua pele.

O sangue, agora seco e grudado em sua pele, está por toda parte, embaraçado nos cabelos, escorrido pelo rosto e pelos braços. A escuridão fria da noite a envolve, mas ela não sente o frio. Seus sentidos parecem anestesiados.

Quando Emily passa por Isabella com a bebê em seus braços, ela para em sua frente.

"Obrigada por salvar minha vida, já contei tudo a eles...", diz ela em voz baixa e cansada.

Perto dali, Michael guia Daniel, um braço protetor ao seu redor, enquanto se aproximam para falar com um policial. Eles estão de costas para Isabella. Não olham. Não dizem nada. É como se ela tivesse se tornado invisível, apagada da narrativa deles.

Sentindo a solidão se infiltrar por entre os sons ao redor, Isabella tenta romper a barreira invisível.

"Michael... Daniel..." sussurra, mas sua voz se perde, fraca demais, engolida pelo burburinho da noite e pelos sons das sirenes.

Ao redor dela, paramédicos e policiais tentam se aproximar, fazendo perguntas que buscam atravessar sua falta de clareza criada pelo choque. As vozes, embora tentem ser reconfortantes, chegam a ela como se estivessem distantes, abafadas, como se ela estivesse debaixo d'água.

***

Ao subir a escada, Isabella ouve a porta principal se fechar. Ainda em transe, olha para trás e vê Emily no primeiro degrau segurando a bebê Lily no colo. Emily tenta sorrir, mas

Isabella apenas se vira e retoma sua subida, passando pelo retrato da família, cujos olhos parecem sempre seguir seus movimentos. Dessa vez, mal percebe e, mesmo que percebesse, não daria a menor importância. O retrato se inclina sozinho para a esquerda quando ela passa. Cada passo exige dela um esforço monumental. Seus movimentos são lentos e árduos, como se ela estivesse carregando o peso de um corpo morto nos ombros. Sua pele ainda manchada pelo sangue.

Assim que entra no quarto, Isabella vai direto para o banheiro, deixando suas roupas ensanguentadas pelo caminho, e entra no chuveiro. A água quente tenta apagar os vestígios da noite, mas o peso em seus ombros permanece intacto. O sangue escorre pelo ralo em espiral, mas a sensação de opressão persiste, marcada ao redor do pescoço como uma lembrança imperdoável.

Sua gatinha, curiosa, fareja as roupas ensanguentadas no chão do banheiro, mas Isabella nem percebe. Ela sai do chuveiro sem sequer pegar a toalha , sentindo o corpo pesado, como se algo invisível a puxasse para baixo a cada passo.

Seu corpo nu deixa um rastro de água pelo caminho até a cama. Deitada, ela puxa os cobertores sobre si. O rosto permanece imóvel, os olhos abertos, vazios.

O zumbido de uma mosca rompe o silêncio momentaneamente e, embora o inseto pouse no rosto dela e caminhe livremente sobre a pele úmida, Isabella não reage.

***

Uma semana se passou desde aquela noite horrível. Sentada diante de dois policiais numa sala de interrogatório fria, Isabella se perde por um instante em uma memória surreal, como se tudo aquilo pertencesse a um passado distante. A agente Clair, uma mulher que exala um ar de profissionalismo rígido, está à sua frente, ao lado de seu colega, o agente Robert, um homem com um bigode tão característico que parece saído de um filme policial. Isabella lembra dos jogos inocentes que costumava inventar com Daniel, ajudando-a a fazer cenas que ela tinha visto em filmes. Mas ela nunca quis fazer parte de uma cena como essa.

Isabella, inquieta, cutuca a pele ao redor das unhas. As marcas do ataque de Martin em seu pescoço ainda estão visíveis.

"Eu já contei tudo sobre aquela noite", ela diz com a voz trêmula. Enquanto repete os eventos mais uma vez, sua mente se esforça para afastar as lembranças que insistem em assombrá-la.

O agente Robert se inclina para frente, a expressão séria marca seu rosto.

"Entendemos, senhorita Isabella." O formalismo do inglês torna o momento ainda mais desconfortável. "Mas precisamos aprofundar melhor a dinâmica da casa nos últimos dias. Estamos tentando compreender o que levou o Dr. Martin a agir dessa forma, um homem de sua posição, tomando decisões tão extremas."

Isabella hesita, os pensamentos em turbilhão. "Martin parecia ser uma boa pessoa, um ótimo pai. Eu..." A voz dela falha. "Eu posso estar imaginando coisas, mas o vi adicionar algo às bebidas de Emily. E a morte da primeira esposa dele, sem que ninguém tenha encontrado o corpo... Isso não é um pouco estranho?"

A sala fica em silêncio até que a agente Clair interrompe, "Você pode explicar melhor o que observou sobre o

Dr. Martin e as bebidas?”

A incerteza de Isabella é evidente. “Não sei mais do que isso. Foi só algo estranho que percebi. Vai ver ele estava envenenando ela e ela descobriu... ou talvez ele tenha surtado. Eu realmente não sei.” Seus olhos se enchem de lágrimas.

O detetive Robert finalmente quebra o silêncio. “Acho que você não entende a gravidade do que está insinuando. A morte da Sra. Lisa foi uma tragédia ligada a um culto. Não ao Dr. Martin. As partes do corpo dela foram encontradas espalhadas pela floresta... ou pelo menos o que sobrou. Aparentemente, foi algum tipo de ritual satânico,” ele diz de forma abrupta, com a voz cortante, enquanto lágrimas escorrem pelo rosto de Isabella. Ela continua lembrando do terrível pesadelo que teve na noite em que matou Martin.

“...E o Dr. Martin estava no hospital quando aquela atrocidade aconteceu. Salvando vidas, inclusive a da minha esposa. A decisão de manter os detalhes em sigilo foi para proteger o Michael de mais traumas. Eu aconselho que seja cautelosa com suas acusações,” ele conclui com firmeza.

Isabella se retrai, com arrependimento das suas palavras misturado em sua confusão mental. “Eu não sabia de nada disso. Me desculpa. É que... depois do que aconteceu, acho que estou tentando entender tudo.” O desespero estampado no rosto.

A agente Clair suaviza o tom. “Tudo bem. Só estamos tentando encontrar qualquer pista sobre as motivações do Dr. Martin. Houve alguma briga? Algum comportamento estranho entre ele e a Emily?”

Isabella pensa por um momento. “Ele sempre pareceu um marido atencioso. A Emily estava com uma aparência ruim antes daquela noite, mas é só isso que posso dizer.”

O detetive Robert interfere. "E agora? Ela está agindo de forma diferente?"

Isabella percebe uma tensão não dita entre Emily e o detetive, algo na rigidez do tom dele. *Talvez eles se conheçam?*

Tentando conduzir a conversa com cuidado para não comprometer injustamente Emily, ela responde com cautela. "A Emily estava doente, e agora está se sentindo melhor. É a única coisa que mudou."

Ainda assim, Isabella não consegue deixar de lembrar da transformação nítida que notou em Emily após a morte de Martin. Agora ela parece abraçar a vida com um novo entusiasmo. Canta melodias pela casa, seu guarda-roupa ganhou cores vibrantes, ela passa horas no estúdio de arte, e tem saído com mais frequência à noite, deixando Isabella sozinha com Lily no quarto. Apesar de um certo desconforto, ela decide guardar essas observações para si, receosa de como poderiam ser interpretadas pelo detetive.

A agente Clair assente com a cabeça, encerrando a entrevista. "Obrigada, Isabella. Conforme a investigação avança, pedimos que permaneça disponível e dentro do país, caso surjam novas perguntas."

Enquanto é escoltada para fora, o peso da situação cai sobre Isabella, e dúvidas começam a inundar sua mente.

***

No dia do funeral de Martin, o céu está nublado, e as nuvens pesadas parecem refletir a melancolia do momento. Uma garoa constante cai, borrando a imagem da procissão de pessoas que segue em direção ao túmulo.

Sentada no carro, ao lado da cadeirinha de bebê, Isabella observa pela janela, o coração apertado por um luto carregado de culpa. A bebê se remexe ao lado dela, soltando um choramingo suave, o que faz Isabella voltar sua atenção por um instante para acalmar Lily. Mas, ao olhar novamente para a janela, ela leva um susto.

Do outro lado do vidro, uma mulher idosa, vestida com um casaco de lã preto impecavelmente conservado e um véu rendado da mesma cor, a encara com um olhar penetrante.

O rosto da mulher é marcado por rugas profundas. Seus olhos penetrantes, de um tom azul-acinzentado, brilham sob sobrancelhas finas e arqueadas, dando-lhe uma expressão de constante julgamento. Os cabelos prateados estão puxados para trás em um coque firme. Apesar da idade avançada, há nela uma elegância, ressaltada pelas maçãs do rosto salientes e por uma verruga logo acima do lado direito dos lábios.

Assustada, Isabella abre a janela, e o ar úmido e frio entra. "Posso ajudá-la?" pergunta ela, com a voz hesitante, incapaz de se livrar da intensidade daquele olhar.

A resposta da mulher corta o ar como uma lâmina afiada. "Você matou meu único filho, sua desgraçada!" Antes que Isabella possa reagir, a idosa cospe no rosto dela e se afasta, desaparecendo na multidão tão rápido quanto surgiu.

Chocada e humilhada, Isabella levanta a mão para limpar o rosto, os olhos baixos, sem coragem de encarar quem quer que tenha testemunhado o insulto.

Nesse momento, Emily abre a porta do carro. "O padre disse que começaremos em 10 minutos", informa, enquanto Isabella ainda tenta processar as palavras cruéis da idosa.

"Tudo bem se eu ficar no carro? Acho que minha presença aqui pode não ser apropriada", pergunta Isabella, sentindo-se indesejada.

Emily hesita por um momento antes de responder. "Claro, sem problemas." Por alguma razão, sua voz soa ríspida e, sem dizer mais nada, ela pega a bebê e se junta aos outros.

De onde está, Isabella observa o pequeno e sombrio culto religioso acontecer. A maioria dos presentes são moradores da cidade.

Quando a cerimônia termina e as pessoas começam a se dispersar, seus olhos seguem Daniel, sentado sozinho em um banco, afastado de todos. Agatha, que esteve ao lado de Michael o tempo todo, finalmente se afasta, e Isabella percebe isso. Michael, por sua vez, permanece imóvel, como se estivesse preso ao túmulo do pai.

Respirando fundo, Isabella sai do carro e se aproxima lentamente de Michael, a cabeça baixa, sem saber como romper o silêncio que se instalou entre eles desde aquela noite trágica.

Antes que ela possa encontrar as palavras certas, Michael quebra o silêncio, "Desculpa por não termos nos falado direito. Ele era meu pai... mas entendo que você não teve escolha. O que mais poderia ser feito… olha para o seu pescoço e para o meu nariz... Só estou tentando entender tudo o que aconteceu." Sua voz falha, carregada pelo peso do trauma que os consome.

A tentativa de Isabella de olhar para Daniel não passa despercebida por Michael. "Dê um tempo a ele. Você ainda é a pessoa favorita dele."

Isabella, no entanto, tem suas dúvidas, ainda abalada pelo encontro de mais cedo. "Não tenho tanta certeza... A sua avó também me odeia", confessa, sentindo o peso do incidente no coração.

"Minha avó?" Michael franze a testa, a preocupação é

evidente em seu rosto.

"Sim, uma senhora idosa com uma verruga bem aqui", explica Isabella, apontando para o próprio rosto para indicar onde a mulher que a confrontou tinha a marca.

Um olhar de espanto se forma no rosto de Michael. "Parece que você está descrevendo a minha avó, mas... ela morreu há dez anos", diz ele, a voz carregada de surpresa, enquanto aponta para um túmulo próximo. "Esse é o túmulo dela."

A revelação faz um calafrio percorrer o corpo de Isabella. Ao olhar para a foto na lápide da idosa, sente o choque tomar conta — era ela. O nome gravado: Frances. Seu coração dispara. Ainda atordoada, seu olhar se desvia para outro túmulo próximo, e um arrepio ainda mais intenso a atravessa. O nome inscrito ali é Lisa — a mulher de sua visão, aquela que havia visto sendo morta — *A mãe de Michael?*

"Michael? Essa é a sua mãe?" Isabella pergunta, a voz trêmula, aterrorizada.

"É... é a minha mãe", ele responde, carregado de emoção. "Embora a polícia nunca a tenha encontrado, meu pai quis fazer um túmulo para ela... para que tivéssemos um lugar para visitá-la."

O choque de Isabella se aprofunda à medida que compreende a gravidade de suas visões e a presença incontestável dos túmulos diante dela. A complexidade da tragédia a paralisa, deixando-a incerta sobre o que fazer. Sentindo o peso de tudo sobre seus ombros, ela murmura, quase para si mesma. "Sinto muito... Não estou bem. Tenho dormido pouco, então acho melhor voltar. Vou ver se Daniel quer vir comigo."

O vento bagunça os cabelos de Isabella, e o cheiro de terra úmida paira no ar. Ela se vira, procurando por Daniel,

ainda sentado no banco. Assim que ele a percebe se aproximando, seu rosto empalidece, e seus olhos desviam rapidamente para Agatha, que está não muito longe, conversando com três mulheres que Isabella nunca viu antes. Sem lançar um único olhar para trás, na direção de Isabella, ele se levanta apressado e corre desajeitadamente para o lado de Agatha.

A decepção se abate sobre ela como uma onda gelada. Uma lágrima escapa, deixando um rastro salgado em sua bochecha e, enquanto a enxuga, ela volta para o carro. O cemitério, repleto de revelações assombrosas, vai encolhendo no espelho retrovisor.

Michael a observa partir, com uma tristeza profunda no olhar. Ele então se volta para os túmulos e permanece ali, imóvel.

***

Isabella está sentada em frente à janela de seu quarto, com o brilho suave do abajur lançando uma luz quente sobre as páginas de seu diário. Lá fora, a chuva cai suavemente. A janela, entreaberta, permite que uma brisa fresca entre, acariciando seu rosto e brincando com os fios de seu cabelo. Ela continua a escrever, a caneta deslizando firmemente sobre o papel.

O medo de ter herdado a doença mental do pai paira sobre seus pensamentos como nunca antes, mas o temor de um mal desconhecido é quase tão grande.

Ela solta um suspiro pesado e, com ele, lágrimas saturadas de emoção rolam por seu rosto.

O cheiro estranho no meu quarto nem me incomoda mais. Eu estou com medo de que a mãe esteja certa, de que eu sou louca

Ela sente um calafrio tomar conta de seu corpo, enquanto a estranha precisão de seu sonho assombroso a atinge em cheio. A ideia de perder uma conexão tão especial, de ser irremediavelmente tomada como a vilã na história de Daniel, faz com que seus olhos se encham de lágrimas, que lentamente começam a cair por seu rosto.

Ao pausar sua escrita para enxugar o rosto, o olhar de Isabella se volta para o estúdio lá fora, onde uma luz está acesa. Emily está lá, imersa em seu trabalho, apesar de ser tão tarde. Por um momento, Isabella se pergunta o que ela realmente estaria fazendo ali, já que nunca teve a oportunidade de ver nenhuma de suas pinturas.

Quando a gatinha tenta escalar sua perna em busca de atenção, Isabella sente um leve arranhão de suas garrinhas contra sua pele. "Eu sei, minha pequenininha, vem cá", ela murmura, levantando o animalzinho para seu colo e acariciando-o suavemente. "Eu sei que você me ama, não importa o que aconteça... E eu também amo você", ela sussurra, enxugando outra lágrima que escorreu pelo seu rosto, derramada não por tristeza, mas pelo profundo afeto que ela sente pela pequena criatura aninhada em seu colo. Abraçando a gatinha com carinho, ela sorri. "Vou me despedir do meu pai e depois vamos para a cama", diz, como se a gata pudesse compreender cada palavra.

Isabella tenta cuidadosamente continuar a escrever com a gatinha em seus braços.

Espero que um dia você possa conhecer minha gatinha. Ela é linda, toda rajadinha, com os olhinhos verdes... Ainda não consegui dar um nome pra ela. Lembra quando a gente achou aquele cachorrinho e escondeu da mãe por uns dias? No dia em que demos um nome pra ele, ela o encontrou... e ele sumiu. Acho que, no fundo, é por isso que ainda não dei um nome pra minha gatinha. Tenho medo de me apegar e perder ela. Enfim, pai... preciso tentar dormir. Faz tempo que não consigo dormir uma noite inteira sem acordar no meio da madrugada. Te amo.

21 de Abril, de 2004

Seu sorriso desaparece aos poucos enquanto ela acaricia a cabeça da gatinha.

Deixando a caneta, ela fecha o diário e o coloca sobre a cadeira. Segurando o pequeno animal junto ao peito, caminha até a cama e se senta na beirada. Embora os traumas tenham prejudicado sua visão sobre a fé, as sombras que dançam nos cantos do quarto a fazem desejar algum tipo de proteção.

Fechando os olhos, ela respira fundo, tentando acalmar-se, e murmura no silêncio.

"Mesmo caminhando por esta noite incerta, guiada

não pela fé, mas por um fio de esperança, peço proteção contra o que não posso ver ou compreender. Que uma luz brilhe na escuridão, me guarde das forças invisíveis e ofereça consolo a uma alma cansada. Que esta noite passe em paz e que eu tenha força para enfrentar o amanhecer. Amém."

Com um suspiro tranquilo, Isabella se deita. O murmúrio de sua oração é um escudo frágil contra as incertezas da noite.

CAPÍTULO

07

Uma escuridão total.
Assustada, Isabella olha em volta, mas não consegue ver nada além de um vazio absoluto. De repente, uma voz distante quebra o silêncio, alguém fazendo uma prece com fervor, mas o som ecoa de um jeito estranho, quase assustador. Mesmo longe, a voz parece familiar.

Das sombras, aparece uma mulher vestida com um hábito, segurando um rosário nas mãos. Isabella reconhece sua mãe, que passa por ela sem sequer lançar-lhe um olhar.

"Mãe?" O sussurro de Isabella se perde na escuridão. Ela segue a mulher, que desaparece por uma porta. Mas, ao correr atrás dela, o choro e os gritos de mulheres e crianças a fazem parar. O som é tão forte, tão desesperado, que ela congela de medo.

A cada passo em direção à porta, mais sente que ela se afasta, como se estivesse fugindo, provocando. Os gritos ficam mais altos, mais agudos, até que, de repente, tudo para.

Silêncio.

E Isabella percebe que acabou de cruzar a linha que separa a realidade de um pesadelo.

A cena diante dela é uma versão grotesca e distorcida da creche que ela tinha visto nos relatórios policiais. As paredes cobertas de sangue, brinquedos espalhados pelo chão, e os corpos mortos das professoras se misturam aos de bebês que choram baixinho. É uma imagem de horror, congelada no tempo.

Ao lado de Isabella, a figura da mãe que a acompanhava começa a se contorcer. As preces fervorosas se transformam em cânticos macabros, que ecoam como um presságio sombrio. O corpo de Isabella treme. Assustada, desesperada, ela grita, "POR QUÊ?"

A criatura que antes era sua mãe se vira, a voz carregada de ódio. **"Porque o seu Deus vê tudo o que eu faço... e mesmo assim, não faz nada para me impedir. Achei que você já soubesse disso! E mesmo assim, você rezou pra ele esta noite?"** A risada fria e debochada da criatura ecoa pelo ambiente.

Isabella tenta gritar, mas não consegue. Suas mãos vão direto ao pescoço, como se tentasse tirar algo dali, mas não tem nada. Só o aperto, como se estivesse sendo sufocada por uma força invisível.

A criatura observa, se divertindo com o desespero dela, e solta, com um sorriso cruel. **"O quê? A gatinha comeu sua língua?"** A voz vem baixa, venenosa, como uma ameaça disfarçada de piada.

De repente, Isabella acorda. Está ofegante, o corpo suado, o coração disparado. Está de volta ao quarto, mas o pesadelo ainda parece grudado nela. Aquilo não parecia só um sonho, era real demais. Ao virar o rosto, vê sua gatinha dormindo tranquila ao seu lado.

O som da maçaneta girando faz seu corpo enrijecer, mas o medo logo dá lugar a um certo alívio quando ouve a voz de Daniel do outro lado. "Bel?" Ele chama baixinho, com a voz frágil e assustada.

Isabella se aproxima da porta, sentindo a tensão e a dúvida se seria mesmo Daniel ali atrás da porta. Quando gira a maçaneta e a abre, devagar, vê Daniel parado no corredor escuro, agarrado ao cobertor como se fosse a única coisa que o mantivesse seguro.

Ele hesita antes de falar, continuando com a voz baixinha. "Tive um pesadelo… e o Michael não tá em casa… posso ficar com você?"

Isabella percebe o quanto ele está vulnerável e, na mesma hora, o rostinho dele se enche de preocupação. E ele se apressa em perguntar. "Você tá brava comigo por eu não ter falado com você esse tempo todo?"

As lágrimas enchem os olhos de Isabella, não de tristeza, mas pelo alívio misturado ao medo que sentiu de que

Daniel nunca mais fosse falar com ela como antes, que tivesse se afastado de vez.

Ela se ajoelha na altura dele. "Com raiva de você? Ah, Daniel... eu estava morrendo de medo de que você não quisesse mais falar comigo", ela confessa, com a voz embargada. "Me desculpa..."

Mas, antes que ela consiga continuar, Daniel a interrompe, agora também com os olhos cheios de lágrimas.

"Bel, eu vi o que aconteceu. Meu pai tava machucando você..."

As palavras dele saem tão sinceras e doloridas que ele desaba. Começa a chorar de soluçar, como se estivesse tirando um peso do peito.

Isabella sente a dor dele como se fosse sua. Sem pensar duas vezes, o abraça, querendo acolher e ser acolhida. Ficam assim por um tempo, quietos, chorando abraçados, deixando tudo sair em silêncio.

Ela enxuga as próprias lágrimas e depois seca as de Daniel. Querendo animar um pouquinho, sugere, "Já que nós dois não estamos conseguindo dormir... que tal assistir a um filme na sala?"

Daniel, ainda abraçado a ela, levanta o olhar triste, mas com um brilho de esperança surgindo nos olhos.

"A gente pode mesmo?", pergunta, com a voz baixinha e um pouco mais leve.

"Claro! Mas não podemos fazer muito barulho pra não acordar sua mãe e a Lily", responde Isabella, e com um sorriso gentil ela limpa as últimas lágrimas do rosto de Daniel.

***

A sala suavemente iluminada pela luz da televisão. Isabella está sentada no sofá, com Daniel dormindo tranquilo em seu colo, a respiração calma e estável. Ao lado deles, uma tigela de pipoca pela metade, com alguns grãos espalhados pelas almofadas.

Na TV, passa um desenho animado — colorido, agitado e cheio de exageros. Em uma das cenas mais engraçadas, um cachorro grandalhão e desajeitado tenta atravessar o quarto sem acordar um gato que está dormindo. Cada passo é lento e exagerado, acompanhado por uma musiquinha de suspense engraçada. Quando está quase conseguindo sair, ele pisa em vários brinquedos que começam a chiar e fazer barulho, causando uma bagunça. O gato acorda no susto e, numa reação super exagerada, começa a correr atrás dele pela sala. A cena termina com o cachorro todo enrolado na cortina.

Essa cena em particular chama a atenção de Isabella, que até então assistia ao filme meio distraída. O absurdo do desenho, com seu humor bobo e finais previsíveis, mas ainda assim engraçados, acaba arrancando um sorriso dela. Ela ri baixinho, tentando não acordar Daniel.

De repente, a porta da frente se abre com um rangido. Isabella logo pensa que é o Michael chegando e se ajeita no sofá, pronta pra receber ele com um sorriso.

Mas assim que ele entra, fica claro que não está sozinho e muito menos no seu estado normal. Visivelmente bêbado, ele mal nota ela ao passar pela sala, acompanhado de Agatha. O sorriso de Isabella desaparece na mesma hora, dando lugar a um olhar de surpresa e mágoa ao perceber quem está com ele.

"Ei", diz Michael casualmente quando eles passam pela sala de estar, com as palavras arrastadas. Agatha faz um aceno rápido com a cabeça para Isabella, e sem dizer mais nada, os dois seguem direto para o quarto dele, deixando Isabella parada, sem saber o que pensar.

Paralisada, ela tenta conter a onda de choque e decepção que toma conta de todo o seu corpo. Seu coração parece se despedaçar, e a cada passo que Michael e Agatha dão juntos, a dor só cresce, apertando no peito, difícil de aguentar.

Juntando forças que nem sabia que tinha, Isabella pega Daniel no colo com todo cuidado, tentando não acordá-lo. Leva ele até o quarto, deita-o devagar na cama, puxa o cobertor até o queixo, dá um beijo leve na testa e fecha a porta com delicadeza.

Isabella volta para a sala para organizar a bagunça que ficou. Ao entrar, se surpreende ao ver Michael e Agatha confortavelmente sentados no sofá, cada um com uma bebida na mão, rindo como se nada mais existisse.

"Desculpa… não sabia que vocês estavam aqui", murmura Isabella, meio sem graça, mas com um certo incômodo na voz.

"Imagina," diz Agatha, sorrindo. "A casa é sua… ou quase." Ela ergue o copo, como num brinde. "Sente-se, junte-se a nós para um *drink*."

Isabella hesita, desconfortável com o convite. "Acho melhor não… tenho que acordar cedo pra trabalhar amanhã", responde, tentando manter a educação.

Agatha inclina levemente a cabeça, como se soubesse mais do que está dizendo, e comenta com um ar provocador, porém elegante. "Ah, querida… um pouco de descontração não faz mal a ninguém. Está na hora de brincar com os adultos também, e não só com as crianças."

Ela dá um gole lento na bebida, observa Isabella dos pés à cabeça com um sorriso delicado e completa, como quem comenta algo banal. "E, sinceramente… você está com uma aparência tão... tão cansada. Uma taça pode fazer milagres."

Ela ainda hesita. Algo dentro dela diz que não deveria aceitar, mas Michael se aproxima e estende o copo com um empurrão leve, insistente.

"Ah por favor, Isabella… você me deve essa bebida," com a voz arrastada pelo álcool, carregando uma persuasão de culpa. O estômago dela aperta. Agatha, quieta, a observa com aquele mesmo sorriso controlado, como se estivesse apreciando a tensão no ar. Isabella segura o copo com delicadeza, como se fosse frágil demais — ou perigoso demais. Parte dela grita para não aceitar. Ela toma um gole. Agatha ergue a sobrancelha, satisfeita.

À medida que a noite avança, as bebidas vão fluindo livremente, e Isabella se vê mergulhada num turbilhão de sensações desconhecidas. O ambiente ao redor começa a perder nitidez, como se o tempo escorregasse por entre seus dedos. Ela ri sem pensar, sem se controlar, um riso solto, estranho, mas ao mesmo tempo libertador. Pela primeira vez, ela se permite sentir o efeito da embriaguez, e há algo excitante nessa perda de controle.

Tomada pelo momento, Isabella esquece, ainda que por pouco tempo, das dores, dos medos, das lembranças. Age por impulso, fazendo tudo aquilo que sua mãe sempre a proibiu.

Cenas desconexas piscam em sua mente e de repente, ela está no quarto de Michael, os três continuam bebendo, mais próximos do que antes. O álcool, como um gatilho, dissolve as barreiras entre os corpos. Os toques começam discretos, mas logo se transformam em algo mais. Cada parte de sua pele parece viva, em brasa, ansiando pelo próximo toque.

Ela sente um arrepio que vem de dentro, um misto de vulnerabilidade e poder, uma sensação nova, que a invade inteira.

Agatha a envolve num abraço e, sem aviso, a puxa para um beijo intenso. Isabella hesita por um segundo, é sua primeira vez beijando uma mulher, mas algo nela já foi longe demais para voltar. A música, os sussurros, os corpos… tudo se mistura. Agatha começa a tirar sua camiseta. Isabella tenta parar suas mãos, meio sem jeito, mas logo se rende ao ritmo.

As mãos de Michael tocam sua cintura com firmeza e calor. Quando ele tira a camisa e seus lábios se encontram, Isabella sente como se o chão sumisse. Está flutuando. Um som suave a faz abrir os olhos por um instante e ela vê Agatha saindo do quarto, silenciosa. E, a ausência dela traz alívio. No fundo, Isabella não queria dividir esse momento. Ela fecha os olhos de novo e se entrega por completo.

O desejo toma conta. Ela quer tocar cada centímetro do corpo de Michael. Os dois exploram um ao outro com pressa e fome. O sexo é intenso, um transbordamento de luxúria que Isabella jamais imaginou sentir. Quando está prestes a explodir em um grito de prazer, a voz da mãe tenta invadir sua mente:

Cada um é tentado por seus próprios desejos… e o desejo, depois de concebido, dá à luz o pecado; e o pecado, quando amadurece, gera a morte.

Mas o prazer fala mais alto. Ela se entrega ao momento, ao corpo que pulsa. O álcool esconde qualquer traço de culpa. Seus olhos se reviram e, por um instante, ela ri sozinha, lembrando com ironia, das palavras da mãe.

***

Na madrugada calma, sob uma lua envolta em nuvens, uma brisa suave balança as cortinas da janela aberta. Isabella dorme ao lado de Michael. De repente, uma mosca pousa em sua testa com um toque tão leve quanto um sussurro, suas patinhas minúsculas seguem até seu nariz e, sem aviso, entram por uma narina. Isabella abre os olhos. Desorientada, ela olha ao redor, tentando enxergar no escuro, e percebe que está no quarto de Michael.

Ela se vira e vê Michael sentado na beira da cama, de costas para ela. Seus ombros estão curvados, criando uma silhueta disforme à luz pálida da lua. Um resmungo baixo e ininteligível escapa de seus lábios.

Preocupada, Isabella estende a mão e toca o ombro dele. No instante em que o faz, Michael começa a chorar, tomado por uma tristeza avassaladora e um arrependimento sufocante. "Eu deveria tê-lo ajudado... Eu deveria ter apoiado meu pai", ele soluça, a voz crua, rasgada. O coração de Isabella se aperta com a angústia dele e lágrimas deslizam por seu rosto ao perceber que, de alguma forma, é a responsável pelo desespero dele.

"Michael... Eu sinto muito...", ela sussurra suavemente.

Mas antes que possa dizer mais alguma coisa, a dor dele se transforma em raiva e seu corpo se enrijece. "A CULPA É SUA!" ele grita, as palavras são cortantes como chicotadas.

Isabella recua, um suspiro trêmulo escapa de seus lábios. Ele repete a acusação, e mais uma vez, como se as jogasse no rosto dela. Sem saber o que fazer, ela tenta alcançar a mão dele na esperança de que um toque quente e gentil pudesse resgatar a conexão entre eles, mas assim que as mãos se tocam, um arrepio percorre todo o seu corpo ao sentir a mão dele fria como agulhas de gelo.

Michael se levanta abruptamente. Ela vê os olhos dele vazios, como se sua alma tivesse sido sugada para fora do corpo.

Ele então murmura mais uma vez. "E isso também é culpa sua...", recuando lentamente enquanto seus olhos sem vida estão cravados nela e, de repente, começa a se atirar violentamente contra os móveis e as paredes do quarto, tentando ferir cada centímetro do próprio corpo. Seus berros e choro são uma melodia assombrosa. Isabella, desesperada, se levanta no intuito de tentar contê-lo, segurando-o com força, mas seu toque só intensifica a fúria autodestrutiva dele. Ela para. Ele congela em resposta, paralisado. De pé, ao lado de uma cômoda preta, próxima à janela, Michael sangra de um corte profundo na testa, infligido pelo canto afiado do móvel.

Isabella permanece imóvel, temendo que qualquer movimento possa incitar ainda mais violência. Sua respiração está pesada, seus olhos vermelhos e úmidos após chorar tanto, sua boca seca. A breve pausa parece horas para ela, suas pernas começam a fraquejar. Michael também mantém-se parado, o sangue de seu rosto forma uma poça ao lado de seu pé.

Ela sente uma dormência na perna esquerda, por ficar tanto tempo parada. Tenta mudar de posição sem fazer barulho, mas o assoalho antigo range alto, quase de propósito.

Imediatamente, Michael se vira para ela, os olhos sem vida buscam os dela. E então, sem hesitar, ele se atira pela janela.

***

Os olhos de Isabella se abrem em pânico, o coração acelerado pela lembrança do pesadelo e a cabeça girando com todo o álcool que consumiu. O terror é aliviado quando ela olha ao seu redor e percebe que ainda está no quarto dele, deitada ao seu lado enquanto ele permanece em um sono profundo. Com cuidado, ela se levanta, desliza para fora da cama e caminha na ponta dos pés até a janela aberta. Ao se mover, seus olhos são atraídos pela cômoda escura ao lado da janela, cuja presença se destaca contra a luz suave da lua que invade o ambiente. Ela hesita por um momento, seus dedos tocam a borda afiada da cômoda.

Como que atraída por algo invisível, ela se aproxima da janela e se permite um momento para observar a noite lá fora, a brisa fresca parece sussurrar segredos indecifráveis. Com um movimento suave, ela fecha a janela. Silenciosamente, ela se veste, olha para Michael como um adeus silencioso e deixa de seu quarto.

***

O sol da manhã mal havia nascido quando Isabella já estava na cozinha, com olheiras e a cabeça latejando por causa do álcool. Enquanto permanece ali, com a mente em outro lugar, ela observa o café sendo coado na quietude do início da manhã.

De repente, Emily entra irradiando beleza e vitalidade, um contraste gritante com os dias sombrios em que esteve doente e sob a presença de Martin. Ela entrega a bebê para Isabella e diz.

"Vou sair com Agatha. Talvez eu volte tarde, mas você pode tirar folga na próxima terça-feira, se for tudo bem para você."

Isabella segura a bebê, sentindo o rosto corar por um

misto de constrangimento e preocupação, pensando se Emily teria ouvido algo da noite anterior ou mesmo se Agatha poderia ter contado o que aconteceu. Ela consegue fazer um elogio. "Você está bonita".

Emily, transbordando uma alegria, responde, "Estou me sentindo incrível", antes de deixar a casa.

Enquanto Isabella acomoda Lily na cadeirinha e coloca a água para ferver para cozinhar um ovo, Daniel entra com os olhos sonolentos e desaba sobre a mesa. "Bom dia! Você acordou cedo".

"O secador de cabelo... Minha mãe fez muito barulho", resmunga, esfregando os olhos.

"Você quer um ovo cozido?" Enquanto Isabella pergunta a Daniel sobre seu café da manhã, Michael entra, vestido para o trabalho.

"Bom dia! Vou chegar tarde hoje do trabalho..." Ele fala trocando um olhar envergonhado com Isabela. Ele então passa a mão na cabeça de Daniel e beija a bochecha da irmã e se aproxima de Isabella, também beijando seu rosto antes de sair da casa. Ela até esquece da forte dor de cabeça, um sorriso discreto brota no canto de sua boca. O som borbulhante da água fervendo para os ovos preenche a cozinha.

Isabella se vira e observa pela janela enquanto Michael, Emily e Agatha compartilham um momento ao lado do carro, suas risadas ecoam até ela. Porém, as palavras dissolvem-se no ar antes de chegarem até seus ouvidos. *Estão falando sobre ela? Zombando dela?* Sua mente se enche de pensamentos tomados por ciúme e insegurança. Ela ouve a voz de Daniel pedindo algo, mas se torna um zumbido distante, e acaba misturando-se ao pano de fundo da inquietação que cresce dentro dela.

A cozinha se transforma em um campo de batalha de

emoções para Isabella, e ela consegue ouvir o próprio coração batendo com força, uma mistura de mágoa e raiva. O som da água fervendo aumenta, a voz de Daniel não para ao fundo. As risadas lá fora ainda ecoam. Sua cabeça lateja, cada vez mais rápido. Até que sua paciência estoura.

"PARA DE FALAR!", ela grita com Daniel.

Agitada, a panela com água fervente escorrega de suas mãos, queimando a sua mão direita. Um grito fica preso em sua garganta. Quando ela cai de joelhos, não é só a dor física que a derruba, mas o peso dos pensamentos sombrios que carrega. Ela chora, enquanto Daniel corre para o lado dela.

***

Naquela noite, enquanto Isabella coloca Daniel na cama, a luz fraca ilumina o curativo enrolado em sua mão. Com a bebê Lily aconchegada no outro braço, ela puxa o cobertor com cuidado até o queixo do menino.

"Obrigada por me ajudar com o curativo, já está seguindo os passos do seu pai e irmão hein", diz ela, sorrindo com suavidade.

Daniel retribui apenas com um sorriso, mas nos olhos dele há uma sombra de tristeza que Isabella não consegue deixar de notar. Inclinando-se um pouco mais, ela fala com carinho. "Eu realmente sinto muito por ter gritado antes".

Ele responde baixinho. "Eu já estou acostumado... a mamãe sempre grita comigo."

Ao ouvir aquilo, Isabella sente uma pontada no peito. Parte dela se parte por dentro ao perceber como ele aceita esse tipo de tratamento como algo normal. Ela se lembra de como a própria mãe costumava tratá-la, mas, no caso dela, ela sempre respondia. Arrependida, ela se desculpa de novo, com mais sinceridade.

"Você não devia nunca se acostumar com isso. Principalmente vindo de mim."

Dessa vez, o sorriso de Daniel chega aos olhos, iluminando seu rostinho com um calor genuíno.

Levantando-se, Isabella embala Lily, que começa a se agitar, o rostinho franzido de incômodo. Ela caminha até a porta, lançando um último olhar para Daniel. Quando Isabella apaga a luz, algo a faz congelar — uma silhueta estranha com olhos vermelhos brilhantes. Seu coração dispara, e ela rapidamente acende a luz de novo, mas a visão desaparece, como se nunca tivesse estado ali.

"O que foi? " ele pergunta, olhando na direção da janela, exatamente onde Isabella encarava.

Ela percorre o quarto com os olhos, sem ver nada de anormal, e esconde o desconforto com um sorriso forçado, improvisando uma desculpa.

" Só queria te dar boa noite de novo" diz ela, tentando manter a voz firme apesar do medo que pulsa dentro de si.

Sua mente se atropela em pensamentos, *será que eu estou mesmo enlouquecendo como o meu pai?*

Daniel retribui com um sorriso.

Isabella apaga a luz mais uma vez. No escuro, não há sinal de nada fora do lugar.

***

Em seu quarto, Isabella balança suavemente a bebê Lily, na esperança de acalmá-la para dormir. Seu olhar alterna entre a janela e o relógio — são 22h05. Um sentimento de inquietação cresce em seu peito enquanto ela se dá conta do silêncio que domina a casa.

"Onde está todo mundo?", ela murmura para Lily, bem ciente de que uma resposta não virá. "Onde está sua mãe?", ela continua, com a voz carregada de preocupação e uma pontada de ciúme ao imaginar que todos podem estar juntos.

Enquanto ela continua a embalar a bebê para frente e para trás, sua gatinha, em um clima de brincadeira, começa a perseguir seus pés. Olhando para sua companheira travessa, o rosto de Isabella se abre em um sorriso, e uma canção de ninar sussurrada começa a fluir de seus lábios.

"Hush, little baby, don't say a word. Mama's gonna buy you a mockingbird. And if that mockingbird don't sing, Mama's gonna buy you a diamond ring. And if that diamond ring turns brass, Mama's gonna buy you a looking glass. And if that looking glass gets broke, Mama's gonna buy you a billy goat. And if that billy goat…".

Aos poucos, as pálpebras de Lily começam a se fechar, e ela cai em um sono tranquilo. Cuidadosamente, Isabella a coloca na cama, sussurrando um pedido de desculpas pelo cheiro desagradável que ainda persiste no quarto. "Desculpa pelo cheiro ruim."

A gatinha pula na cama e se deita ao lado da bebê adormecida. Isabella a acaricia com carinho e sorri suavemente.

"Meus bebês..." ela fala baixinho.

Ela então pega seu diário na escrivaninha e vai na ponta dos pés até a janela. Abre-a com cuidado, a lua alta no céu escuro derrama sua luz pela janela. Isabella abre o diário, a caneta já posicionada sobre a página em branco desliza furiosamente, a tinta mal acompanha o ritmo dos seus pensamentos.

Eu sinto que eu não tenho escrito muito ultimamente. A verdade é que não há muito o que eu queira compartilhar contigo.

A raiva e o ciúme afloram enquanto ela escreve, a caneta grava sua dor no papel, quando a tranquilidade da noite é rompida pelo zumbido incômodo de moscas, atraídas pela janela aberta e pelo cheiro insuportável do quarto, formando um coro infernal.

De repente, um corvo imenso irrompe pela janela, seus gritos cortam o ar como um presságio de desgraça. Ele voa em círculos e mira na bebê. Guiada pelo seu instinto de proteger a criança, Isabella tenta afastar o pássaro agressivo com seu diário, sua força é impulsionada pelo desespero.

Lily acorda chorando, assustada com todo o barulho, e o caos se intensifica. O corvo, implacável, continua seu ataque, seu bico afiado paira perigosamente perto da bebê. Num momento de puro instinto, a gatinha pula em defesa, soltando um miado feroz e arranhando o corvo com suas pequenas garras.

Com um golpe forte, Isabella atinge o corvo com seu diário, mas ele se recupera, seu instinto de sobrevivência transforma-se em vingança enquanto muda o foco, agarrando a pequena gatinha com seu bico. O quarto se enche com o

barulho da luta, asas batendo, choros desesperados e os gritos determinados de Isabella.

Os gritos da gatinha partem o coração de Isabella, que luta para conter as lágrimas enquanto grita, e tenta arrancá-la das garras do corvo agressivo.

Finalmente, com um golpe certeiro o corvo despenca. Isabella corre até lá, sua gatinha está caída, imóvel, e seu último miado ecoa segundos antes de seu último suspiro. Lá, ela fica imóvel, seus olhos perdidos na escuridão, e o último grito que ecoa em seu peito é tragado pelo silêncio de sua partida, seguido pelo último suspiro, uma despedida cruel e definitiva.

A dor de Isabella explode em um grito dilacerante. Ela agarra o corpinho sem vida em seu peito, as lágrimas escorrem sobre a gatinha enquanto seus dedos trêmulos acariciam seu pelo, implorando por um milagre.

"Está tudo bem, minha pequenininha, está tudo bem! Eu estou aqui..." Seus olhos se voltam para o céu escuro além da janela. "...Deus, se o senhor realmente existe, por favor, me ajude! Me envie um milagre! Eu te dou o que quiser!!"

O silêncio é uma resposta clara para Isabella de que ou Deus não existe de fato ou não se importa.

O som do corvo ainda lutando para voar a traz de volta à realidade, enquanto ela deixa a gatinha delicadamente no chão. Sua fúria se volta para o pássaro, e com um movimento cego de violência, ela o bate contra o chão, a parede, qualquer superfície dura que está ao alcance, até que o corvo não seja mais do que uma massa de penas e ossos quebrados.

O som do carro de Emily a retira da beira da loucura, e o silêncio que se segue é um testemunho da violência que acabara de acontecer.

Isabella segura o que sobra do corpo da criatura, suas

mãos manchadas de sangue, e a pesada realidade do que acabara de fazer a atinge, deixando o cadáver cair no chão. Suas mãos tremem e sangue escorre de seus dedos.

Seus olhos percorrem a cena diante dela, sua gatinha sem vida, o corpo destroçado do corvo, o tapete encharcado de sangue. Sua mente a arrasta para dentro de uma espiral desesperador.

***

A sala de estar está envolta na quietude da noite, quebrada apenas pelo tique-taque rítmico do relógio na parede. Isabella permanece imóvel, segurando Lily nos braços, o olhar fixo na porta da entrada, esperando Emily, seus olhos vazios de qualquer expressão.

Quando Emily entra. Ela faz uma pausa, surpresa em ver Isabella parada como se fosse uma estátua.

"Isabella? O que você está fazendo aqui parada no escuro?" Ela demora a responder, como se ela estivesse retornando de um lugar distante.

"Só estou esperando", com a voz quase inaudível.

"Okay... Como estava a Lily hoje?" Emily tenta sorrir, mas falsamente.

"Foi tudo muito bem", diz ela, ainda com o olhar perdido.

Depois de um breve silêncio, sua testa se franze. "Emily, você viu o Michael? Onde ele está?"

Ao ouvir a pergunta, a expressão de Emily muda. Ela solta uma risada seca.

"Michael?", ela zomba, e então diz com frieza. "Não tenho ideia de onde ele está. E, sinceramente, ele não é problema meu."

Pegando a bebê gentilmente dos braços de Isabella, Emily acrescenta, com cinismo.

"Sugiro que você não espere por ele. Algo me diz que ele não voltará para casa esta noite." Sem mais nada a dizer, ela se vira e se retira em direção ao seu quarto, deixando Isabella sozinha mais uma vez na penumbra da sala de estar.

Sozinha, os pensamentos de Isabella mergulham em uma escuridão sombria. As palavras indiferentes de Emily alimentam uma tempestade crescente dentro dela. De repente, pensamentos violentos começam a surgir, ela se imagina com os dedos firmes, alcançando o rosto de Emily, pressionando sua pele com a promessa de dor. Suas unhas, afiadas e impiedosas, arranhando a bochecha dela.

A fantasia se torna ainda mais sombria quando ela se vê buscando remover um dos olhos de Emily com as próprias mãos. Isabella quase pode sentir o calor da pele de sua vítima sob a ponta de seus dedos, a resistência úmida do olho contra sua unha. O ar se enche com o cheiro acre e metálico do medo, como ferro frio, intensificando-se como se a própria sala estivesse reagindo à violência imaginada. Esse odor pungente se agarra ao fundo de sua garganta, misturando-se ao som de um coração acelerado pelo terror, obscurecendo as linhas entre a realidade e a fantasia sombria que se desenrola em sua mente...

Mas, assim como surgem, essas visões a abandonam, deixando-a perturbada. Ofegante, como se tivesse sido submersa em água, ela luta para recuperar o fôlego, seu coração martelando contra as costelas. Horrorizada com os próprios pensamentos e a facilidade com que visualizou tanta violência, ela sussurra para si mesmo, ofegante. "O que está acontecendo comigo?"

Quando Isabella volta ao seu quarto segurando alguns sacos plásticos pretos, ela imediatamente vê a poça de sangue que se formou no chão ao lado da cabeça do corvo escorrendo até a cama e encontrando o tapete, onde começa a manchar o tecido. Ela afasta o tapete e percebe algumas tábuas do assoalho que parecem desalinhadas, como se tivessem sido removidas antes. O cheiro que vem de lá é horrível, ela prende a respiração.

De repente, o corvo solta um último grito agonizante, chocando Isabella. Ela congela. Seu coração dispara enquanto encara a criatura mutilada. *Deve ter sido apenas um reflexo de seu corpo, já que nem a cabeça lhe resta,* ela pensa tentando raciocinar. Fechando os olhos, ela tenta entender tudo, a cabeça latejando nas têmporas. Tudo é muito estranho, pois ela tem certeza de que o corvo estava em busca da bebê, e ela nunca viu nada parecido com isso antes.

Recuperando o fôlego, Isabella envolve o corvo em um dos sacos plásticos, prendendo-o com um nó apertado antes de jogá-lo de lado.

Pegando uma caixa de sapatos em seu closet, a mesma na qual a sua pequenininha veio, ela embrulha cuidadosamente a gatinha em uma toalha de mão, com os dedos ainda marcados pelo sangue do corvo. Ela a envolve gentilmente.

"Sinto muito por nunca ter lhe dado um nome...", ela sussurra em meio às lágrimas, "eu teria lhe chamado de Luz... A única vez que senti verdadeira felicidade foi com você..." A voz falha, "Você foi muito corajosa hoje...", continua, as palavras carregadas de amor. Segurando a gatinha perto de si uma última vez, ela beija sua cabecinha, antes de colocá-la cuidadosamente dentro da caixa.

Ao fechar a tampa, a dor toma conta de Isabella, que cai em um choro profundo, rasgado, impossível de conter.

***

Isabella desce as escadas, sem notar os olhos da família no grande retrato seguindo seus movimentos. Em uma das mãos, ela segura o saco plástico; na outra, a caixa de sapatos. Na cozinha, ela pega uma colher grande e coloca no bolso.

Em seguida, se aproxima da porta que leva ao quintal, hesita por um instante e então dá um passo para fora. O ar gelado faz sua pele arrepiar, e uma névoa fina envolve tudo em um silêncio quase total, quebrado apenas pelo sussurro inquieto do vento e o som distante das ondas batendo com força.

Com passos firmes, Isabella caminha até as lixeiras e se livra do saco plástico com os restos do corvo.

Afastando-se da casa, encontra um cantinho perto de uns arbustos, um pedaço escondido do mundo onde decide enterrar sua gatinha. O chão está duro e gelado, mas Isabella insiste, cada pequena cavada, a luz da lua reflete no metal e uma lágrima escorre pelo rosto dela.

Com o túmulo preparado, ela coloca gentilmente a caixa de sapatos dentro dele. Depois de cobrir o buraco, ela se levanta e encara a pequena cova.

"Neste mundo cruel, é difícil acreditar em um Deus bondoso quando tudo parece dar errado. Mas você me mostrou que não precisamos olhar para os céus em busca de milagres. Mesmo no pouco tempo que tivemos juntas, seu amor puro foi como uma chama na escuridão da minha vida, provando que os animais podem ser muito melhores do que os humanos...

Adeus, minha pequena corajosa", sorrindo em meio às lágrimas, ela soluça e enxuga os olhos.

O frio da noite parece atravessar sua pele, e a neblina engrossa, fazendo o mundo ao redor desaparecer aos poucos. Descalça, ela mal percebe o chão gelado sob os pés, com os olhos fixos no túmulo.

Um arrepio percorre seu corpo com a estranha sensação de estar sendo observada. A respiração, esbranquiçada pelo frio, se mistura à névoa da noite. Ela força os olhos, mas não enxerga nada. Ainda assim, a presença invisível parece se aproximar, apertando um nó em seu estômago.

Com o coração disparado, Isabella se vira rapidamente, tomada pela sensação de perigo. Apressa o passo de volta para a casa e, ao entrar, bate a porta atrás de si. Só então seu corpo começa a tremer, como se o frio só agora tivesse lhe alcançado.

***

Isabella caminha de volta para seu quarto. Suas olheiras, escuras e fundas, contrastam com a palidez de sua pele, ainda fria ao toque.

Suas mãos tremem levemente enquanto ela anda de um lado para o outro, como se tentasse acelerar o tempo, mas o relógio em sua escrivaninha parece zombar dela, os ponteiros avançam devagar demais para serem reais, 1h49 da manhã.

Ela se deita, tentando encontrar um pouco de paz, mas a janela aberta logo chama sua atenção, lembrando-a de que foi por ali que o assassino da sua gatinha entrou no quarto.

Levanta-se para fechá-la e volta para a cama. Sua cabeça e seu peito latejam de dor. Sua mão se estende para o espaço onde sua gatinha costumava dormir ao seu lado. Está vazio e frio.

No auge da exaustão, seus olhos começam a se fechar, num breve instante de calmaria que é interrompido ao sentir algo estranho debaixo do cobertor.

Um toque inesperado a surpreende, um beijo entre suas pernas. Seus olhos se arregalam, e à medida que os beijos continuam, um sorriso se forma em seus lábios, tingido de um desejo sombrio.

"Michael, eu não ouvi você entrar...", ela diz num sussurro entre um leve gemido de prazer.

Ela pensa em reclamar por ele ter chegado tão tarde, mas não queria parecer ciumenta. Então decide apenas fechar os olhos e se deixar levar pelo momento.

Isabella sente sua calcinha sendo puxada para baixo, as mãos suando, o coração disparado no peito. Na última vez em que fez sexo com Michael, o efeito do álcool havia anestesiado parte de seus sentidos. Mas agora, totalmente consciente e sóbria, todas as sensações são intensas, e ela sente um arrepio percorrer o corpo enquanto todos os pelos se levantam. As mãos de Michael são geladas contra a pele quente dela, mas o aperto em seus quadris é forte e firme, segurando-a com firmeza como se ele nunca quisesse soltá-la.

A respiração de Isabella fica mais superficial e acelera a cada penetração. O prazer a domina e ela fecha os olhos enquanto se curva ao toque dele, agarrando os lençóis da cama com força, lutando para abafar um gemido alto. Quando ela se sente à beira do êxtase, ele para. Simplesmente para. E ela fica ali, com o corpo trêmulo, sufocada por um desejo que não se completa.

Ela sente um beijo na sua perna novamente e os beijos subindo em direção ao seus seios, cada toque provoca arrepios.

Mas, assim que os beijo param, Isabella abre os olhos, e vê Martin, a poucos centímetros de seu rosto. Seus olhos, que costumavam ser cor de avelã, agora brilham em um vermelho malígno, fixos nela sem piscar, carregados de um ódio incandescente.

Sob o peso daquele olhar, Isabella sente uma gota fria de saliva cair sobre sua pele enquanto ele abre a boca. Seu coração martela freneticamente contra as costelas, ameaçando explodir de seu peito, enquanto seu corpo se recusa a se mover.

"Se ao menos você não tivesse me matado...", ele diz, enquanto um líquido preto escorre de sua boca e pinga no rosto dela a cada palavra.

O horror se intensifica quando Martin começa a se decompor diante de seus olhos. Sua carne se dissolve em um espetáculo grotesco, derretendo sobre ela. Isabella quer gritar como nunca antes, mas seu corpo permanece paralisado. Lágrimas de puro terror escorrem por seu rosto enquanto ela se esforça desesperadamente para soltar um grito. Quando finalmente recupera o controle sobre si mesma, dispara em direção ao banheiro, com o corpo tremendo violentamente.

Ela liga o chuveiro e entra no box. A água quente escalda sua pele, mas ela não parece se importar. Com uma esponja, ela se esfrega freneticamente, movimentando as mãos com toda a força que pode. Marcas de arranhões começam a aparecer em seus braços e pernas, suas unhas arranham a pele, deixando linhas vermelhas de desespero. O sangue começa a se misturar com a água que escorre pelo ralo.

No reflexo do chuveiro, uma aparição demoníaca toma forma atrás dela, a personificação de seus medos mais profundos e sombrios, aqueles que ela nem sabia que habitavam sua mente. Seus olhos ardem em um vermelho incandescente, como brasas vindas das profundezas do inferno. Chifres grotescos, formados por vértebras humanas retorcidas, projetam-se de seu crânio. Sua pele, semelhante a couro envelhecido e carbonizado, estica-se sobre uma estrutura esquelética, enquanto um sorriso macabro expõe dentes disformes, alguns humanos, outros de animais, todos afiados e manchados de sangue. Um bafo pútrido e quente, impregnado pelo cheiro de decomposição e desespero, roça a nuca de Isabella, fazendo sua pele se arrepiar inteira. A criatura mais horrenda que se poderia conceber paira sobre ela, uma presença tão maligna que parece espremer o ar do ambiente como se sugasse todo o oxigênio da sala.

Quando a criatura estende a mão com os dedos alongados que terminam em garras afiadas, Isabella sente o toque em suas costas. Um redemoinho de pavor a consome, seu pé escorrega no chão molhado do chuveiro e ela cai para trás, batendo sua cabeça e mergulhando no vazio enquanto a escuridão a engole.

Com um pulo, Isabella desperta do pesadelo, ofegante, como se tivesse acabado de emergir das profundezas de um oceano sombrio. O medo aperta seu coração como uma prensa e ela nunca se sentiu tão aterrorizada. Seus olhos percorrem o quarto, examinando cada sombra, cada canto, em busca de qualquer vestígio dos horrores que assombram seus sonhos.

Desesperada por ar fresco, ela vai até a janela, a abre e se inclina para fora, aspirando o ar noturno. O desejo de gritar para o vazio é irresistível, e, ao fazê-lo, avista o carro de Michael estacionado em frente à casa. Ela olha para o relógio, apenas 30 minutos se passaram desde a última vez que o checou, o tempo parece um inimigo, arrastando-se em um ritmo agonizante. Tudo o que deseja é ver a luz do dia, o único momento em que se sente verdadeiramente segura.

Enrolada em seu cobertor, Isabella senta-se em frente ao computador e, ao ligar para a irmã, pede que Ana não conte nada à mãe sobre o que estava prestes a revelar.

"Ana acho que eu tô ficando louca como o nosso pai, exatamente como a mãe previu, ou então Martin... o espírito dele está me assombrando", desabafa, com a voz trêmula.

Ana escuta em silêncio, com o coração apertado. "Isa, o que você passou foi horrível. Talvez... talvez seja hora de voltar para casa."

A única resposta de Isabela é pressionar as mãos contra as têmporas, como se tentasse afastar fisicamente a dor de cabeça. Ana sugere uma oração, mas o riso amargo e vazio de Isabella a interrompe. "Ana, isso não funciona. Tu sabe que não funciona."

A voz de Ana é suave, porém firme. "Ajuda sim, Isa. Tu precisa acreditar..."

"Acreditar?" a voz de Isabella falha. "Eu acreditava... Eu rezava toda noite depois que o nosso pai foi embora... toda noite, quando a mãe me batia e dizia que era disciplina... Eu era só uma criança, Ana. Então, ou Deus não existe, ou ele gosta de ver a gente sofrer…"

Mesmo diante do ceticismo e da dor da irmã, Ana insiste, tentando alcançar a fé perdida de Isabella.

"Isa, sei que é difícil enxergar isso, especialmente com o que tu passou. Mas Deus... Ele é bom. Ele age de maneiras que nem sempre a gente consegue entender. De formas misteriosas, mas sempre por um propósito."

Uma risada seca escapa dos lábios de Isabella, mais um deboche do que qualquer outra coisa. "Maneiras misteriosas, sério Ana? Isso deveria fazer tudo ficar melhor?"

Uma mosca pousa na tela do computador dela que, irritada, a esmaga com a própria mão.

"Nunca estamos realmente sozinhos", Ana insiste. A chamada de vídeo começa a falhar e sua voz entra e sai. Isabella dá algumas batidas no computador, tentando melhorar a conexão.

"Isa, quem que está atrás de ti?", pergunta Ana, a voz vacilando segundos antes da imagem congelar de vez. Essa é a última coisa que Isabella ouve da irmã antes da conexão cair completamente, o computador apaga, e todas as luzes do quarto se apagam com ele.

Isabella fica imóvel. As palavras de Ana ecoam em meio à crescente sensação de pavor. Ela sente um sopro gelado roçar sua nuca, real demais para ser imaginação. Paralisada de medo, percebe nitidamente uma presença atrás de si, visível apenas como uma silhueta escura refletida na tela apagada do computador.

Em pânico, mas em silêncio, ela se lembra do crucifixo que a mãe lhe deu, guardado na gaveta da escrivaninha. Com as mãos trêmulas, ela o alcança devagar. Mas no exato instante em que sua pele toca o símbolo sagrado, uma dor horrível percorre sua mão como se tivesse sido queimada. Um grito rasga sua garganta. As luzes piscam e voltam, e o computador volta a funcionar.

Com o coração disparado, ela reúne coragem para olhar para trás — nada. Ao olhar para a própria mão, vê a pele marcada por uma queimadura nítida no exato local onde o crucifixo a tocou.

CAPÍTULO

Escuridão. Um vazio.

Aos poucos, Michael acorda Isabella, adormecida no sofá da sala. A TV projeta sombras que se movem no rosto cansado dela acentuando as olheiras.

"Você está bem?", ele rompe o silêncio entre os dois. Ela olha ao redor, os olhos ainda estão se ajustando à luz da TV, e a lembrança do vazio escuro vai se aliviando. Eles vão para a cozinha, onde Michael serve uma caneca de café para ela.

Ela hesita por um momento. "É que... desde o incidente com seu pai, eu não consigo dormir", admite, envolvendo a caneca quente com as mãos. A queimadura dói — ela havia até esquecido, esperando que aquilo tivesse sido só outro pesadelo — então esconde a mão esquerda embaixo do balcão para evitar perguntas.

Ele também se serve de café e olha para Isabella. "Eu sinto muito. Nem sei o que dizer..." Com delicadeza, põe a mão sobre a dela e percebe a mudança sutil na sua expressão. "Por que você não dorme comigo hoje à noite?" Ele continua tocando-a e, ao sentir o calor na pele, todas as preocupações e o ciúme voltam à mente dela. O momento funciona como um gatilho, e ela libera suas frustrações reprimidas em uma pergunta que soa quase como uma acusação. "Onde você estava ontem à noite, Michael? Estava com a Agatha?"

Michael ri ao ouvir o nome de Agatha, claramente surpreso. "Agatha? Por que você pensaria isso?"

"Eu preciso saber, Michael", ela insiste, com o olhar firme.

A conversa é interrompida quando Daniel entra na cozinha. De pijama, ele dá um sonolento, "Bom dia".

"Bom dia, Daniel", responde Michael, com carinho, enquanto Isabella mal o nota, ainda focada em Michael.

Sentindo o peso do olhar dela, Michael solta um longo suspiro antes de responder às suspeitas. "Por que eu estaria com a Agatha?" pergunta, genuinamente confuso.

"Por causa daquela noite...", diz Isabella, deixando a frase no ar, mas já sem tanta certeza do que diz.

"Que noite, Isabella?" Michael franze a testa, tentando entender.

Isabella se esforça para expor seus pensamentos, mas

sua firmeza diminui com o olhar confuso dele.

Michael suspira, tentando manter a calma, embora a intensidade do olhar de Isabella comece a irritá-lo.

"Eu estava numa reunião no hospital, em homenagem ao meu pai. Não falei para você… porque achei que isso pudesse te abalar." A frustração transparece em seu rosto, mas ele se contém ao notar Daniel quieto, sentado no balcão da cozinha, olhando para baixo e cutucando a pele ao redor das unhas. Michael se aproxima de Isabella, tão perto que suas palavras saem num sussurro agressivo.

"Que porra tá acontecendo com você, Isa?" O fôlego dele sai pesado, e o olhar vazio denuncia a perda de qualquer sensibilidade.

Isabella, surpresa com sua reação, lança um olhar a Daniel, que permanece retraído. "Desculpa," ela diz, "eu quase não tenho dormido, minha cabeça tá uma bagunça."

Michael respira fundo, tentando se recompor, e então se volta para Daniel.

"Ei, campeão. Me desculpa por não ter estado tão presente e por quase não ter falado sobre o pai. Esqueci de te perguntar como você está se sentindo? Eu sei o quanto você o amava..." A voz dele carrega uma tristeza.

Daniel ergue os olhos para Michael.

"Está tudo bem. O papai veio me visitar ontem à noite," diz ele.

"Fico feliz que você esteja sonhando com ele", Michael sorri com doçura, passando a mão na cabeça do irmão antes de caminhar em direção à porta.

O choque de Isabella se aprofunda à medida que as memórias de seu pesadelo voltam à tona.

"O quê? Eu também sonhei com seu pai. No meu quarto. Ontem à noite. Talvez não seja coincidência... Acho que ele pode estar me assombrando...", ela revela, olhando para Michael enquanto ele veste o casaco para sair para o trabalho.

"Isso é um absurdo, Isabella. Foi só um sonho. Não assuste o Daniel com essa conversa", diz com firmeza, antes de sair.

Isabela corre atrás dele com o coração batendo forte.

"Michael, por favor!", ela implora, a voz embargada de desespero. "Eu sei que parece loucura... mas eu acho que seu pai estava envenenando a Emily. Drogando ela! Não sei ao certo. E eu contei à polícia o que suspeitava, e agora ele está me assombrando... E afinal... Fui eu que o matei..." Lágrimas desesperadas começam a escorrer pelo rosto dela.

Michael para e a encara, visivelmente irritado.

"Pelo amor de Deus, Isabella! Você ao menos se ouve? Talvez seja hora de você voltar para o seu país..." ele dispara, com veneno nas palavras, antes de continuar andando até o carro.

Isabella o segue, tentando explicar. "Eu não posso ir embora. A polícia ainda não liberou. E eu vi, Michael, eu juro que vi seu pai colocando alguma coisa nas bebidas dela. E a Emily... ela não tá melhor desde que ele morreu?" Ela estende a mão, esperando que ele a ouça ao tocá-lo no braço.

"Me deixe em paz!" Michael se afasta bruscamente. "Isabella, a Emily estava doente por causa do que aconteceu com meu irmão. Meu pai e eu estávamos tentando ajudá-la a tomar os remédios. A gente precisava esconder nas bebidas, senão ela não tomava. Feliz agora?", diz ele, antes de entrar no carro. "Ou você vai me matar também?", completa, batendo a porta e arrancando. O rugido do motor e as lanternas traseiras desaparecem na distância.

Ela entra na casa, sentindo o peso do mundo em seus ombros. Daniel ainda lá, sentado em silêncio no balcão da cozinha.

"Eu acredito em você", ele sussurra.

"Acredita no quê?" Isabella pergunta, confusa.

"Que o papai também te visitou ontem à noite." responde ele, com a voz baixa. "Meu irmão me disse que os dois visitaram todo mundo aqui em casa ontem."

Arrasada, Isabella está à beira das lágrimas quando Emily entra, parecendo tão exausta quanto os outros. Sem dizer nada, entrega a bebê a Isabella

"Estarei no meu estúdio por algumas horas". Ela diz com a voz cansada. E sai pela porta. Isabella acompanha cada passo dela com os olhos.

***

No quarto de brinquedos, Isabella está sentada no sofá de veludo vermelho, os olhos pesados de exaustão enquanto observa Lily dormindo em seu berço.

Daniel, sentado à mesinha e concentrado em seu livro de atividades de matemática, levanta o olhar e pergunta. "Bel, quanto é sete mais quatro?"

Isabella, momentaneamente distraída pelos pensamentos esquisitos de ciúmes ao ver a bebê dormir tranquilamente enquanto ela não consegue pregar os olhos há dias, responde.

"Onze, Daniel".

Daniel acena com a cabeça e então se vira um pouco, cochichando algo para o espaço vazio ao seu lado e soltando uma risadinha, como se estivesse dividindo uma piada com alguém invisível. Isabella observa a cena. Sente o corpo esquentar, o sangue ferver e a paciência se esgotar, já começando a cansar dessa história. Decide ir mais fundo.

"Daniel... quem exatamente te disse que você tinha um irmão?"

Sem hesitar, Daniel responde com a maior naturalidade. "Ele mesmo me contou."

Ainda mais irritada, ela insiste. "E quando foi a primeira vez que ele falou com você?"

"No dia em que você chegou", ele responde.

"O quê?", ela exclama.

"Sim, ele chegou com você no carro, mas ficou escondido por alguns dias. Acho que ele estava meio tímido, mas depois começou a falar mais comigo", explica Daniel, como se fosse a coisa mais normal do mundo.

Isabella o encara, séria, tentando ligar as palavras dele aos estranhos acontecimentos daquela casa. "E qual é o nome dele, Daniel?"

Daniel a encara com a mesma seriedade. "O nome dele era Samael".

"Era? Pensei que você tivesse dito que ele está ao seu lado", ela tenta flagrá-lo em uma mentira.

"Sim, mas ele disse que onde ele mora agora, não tem mais nome. Por isso quer morar com a gente de novo ", diz Daniel, com uma tristeza na voz.

"E onde ele mora, Daniel?" Isabella pergunta, cética.

O menino hesita, então sussurra. "Não tenho certeza. Ele não gosta de falar sobre isso porque o lugar é muito escuro e assustador, e é por isso que ele quer ficar aqui. Mas a mamãe não o deixa..." De repente, Daniel se cala, como se a presença invisível o tivesse advertido.

"Sua mãe... o quê? Ela não está deixando ele? Como

assim?" Diz com uma frustrada.

Daniel permanece em silêncio, claramente relutante em dizer mais alguma coisa.

A *au pair* tenta suavizar a expressão, trocando o tom para algo mais compreensivo. Ela olha para o espaço vazio ao lado de Daniel e fala com doçura. "Por que não? Talvez eu possa ajudar."

Daniel vira a cabeça para o lado, como se estivesse recebendo conselhos do irmão invisível. Os olhos dele então se voltam para a mão esquerda de Isabella. Percebendo o olhar fixo dele, ela rapidamente explica. "Eu queimei a mão com a água quente dos ovos, lembra?."

Olhando de volta para os olhos dela, com um olhar desapontado, ele responde: "Você não precisa mentir para mim… tinha sido na outra mão…."

O coração de Isabella dispara, e no momento em que abaixa a guarda diante da resposta inesperada de Daniel, sente uma presença fria ao redor deles. O ar parece mais denso, e as sombras nos cantos da sala se movem sutilmente. Ela ouve o próprio coração bater nos ouvidos como um tambor.

"Meu irmão disse para eu ter cuidado em quem eu confio. Ele acha que agora você virou um deles...", sua voz, preocupada, tornou-se quase um sussurro.

Antes que Isabella consiga abrir a boca para responder, Lily começa a gritar em desespero, assustando Isabella.

CAPÍTULO

09

Na friagem da noite, Isabella se senta junto à janela aberta do quarto, sua respiração forma nuvens esbranquiçadas no ar gelado. Uma brisa leve atravessa o ambiente, fazendo as cortinas escuras se moverem suavemente. Seu olhar, vazio e sem qualquer traço de vida, está fixo na parede à sua frente, contando mecanicamente as flores estampadas no papel de parede, uma a uma, como se aquilo pudesse dar sentido ao tempo.

Com movimentos automáticos e por vezes trêmulos, ela gira a caneta entre os dedos, de um lado para o outro. De repente, o vaivém desordenado da caneta cessa. Ela se inclina ligeiramente e começa a escrever em seu diário, que repousa sobre as pernas. As palavras escorrem no papel.

Às vezes eu me pergunto se você era mesmo real. Nem sei se a lembrança que tenho do seu rosto é realmente seu ou algo que inventei. Eu continuei vivendo esta vida porque tinha um propósito, um dia te encontrar. Mas agora, estou percebendo que você tinha o poder de me ver quando quisesse, e como nunca veio... Acho que você nunca quis. Sinto como se tivesse vivido uma mentira a minha vida toda, e tudo por sua causa. Tenho brigado com todo mundo e tenho raiva de todos por sua causa... Talvez eu esteja enlouquecendo por isso mesmo, mas não por culpa dos genes, mas pelo vazio que você deixou... Acho que é hora de te deixar ir. Adeus, pai.
10 de Maio de 2004

Sem expressão, Isabella se levanta da cadeira e caminha em direção ao banheiro. Os movimentos dela são precisos, quase automáticos, como se uma força invisível a guiasse. Ela empurra a porta, que se fecha com um clique, deixando tudo escuro, ela não acende a luz.

Na penumbra, coloca o diário na pia e usa um isqueiro que pegou na cozinha para atear fogo nele. A chama demora um pouco para pegar, mas logo as páginas se entregam ao fogo, que lança um brilho inquietante no seu rosto. No espelho, seu reflexo revela uma profunda melancolia.

Ela encara o reflexo, com um olhar intenso. Como se desafiasse a si mesma, confrontando a parte que ainda se agarra ao passado, agora reduzida a cinzas. O fogo se reflete em seus olhos igual às chamas de um ritual macabro, como se anunciasse o nascimento de algo sombrio... Quando a última

página se desfaz em cinzas, um misto de alívio e libertação se mistura à fumaça que começa a tomar conta do banheiro.

***

Isabella se vê novamente vagando pela floresta, presa no pesadelo familiar que a assombra noite após noite. A cena se desenrola com cada vez mais uma nitidez assustadora. A mulher escolhida para ser sacrificada, a mãe de Michael, Lisa, a vida nos olhos dela ofuscada pelo medo. O pingente no pescoço com letra "M" já não é mais um mistério para Isabella. Com um peso no coração, ela finalmente entende seu significado, "M" as iniciais do nome do Michael.

Isabella agora sabe que está dentro do pesadelo novamente e tenta fechar os olhos com força, na esperança de acordar. Ela já sabe como aquela cena termina e não quer reviver tudo de novo. Com os olhos fechados, ouve os gritos de dor da mulher. Abre os olhos mais uma vez, pelo menos para oferecer um último olhar de compaixão à mãe de Michael antes que ela morra. Lisa a encara de volta, mesmo enquanto seu ventre é brutalmente rasgado pela outra mulher que, ao perceber estar sendo observada, ergue o olhar direto para Isabella.

Seus olhos se cruzam no meio do pesadelo, e o coração de Isabella parece parar. Um arrepio gelado sobe em seu corpo, a mulher que está realizando o ritual... é Emily.

Ao voltar das profundezas de seu pesadelo, Isabella acorda com um sobressalto e quase cai da cadeira onde tinha pegado no sono. O coração disparado, batendo com força no peito. A imagem de Emily, envolvida em tamanha atrocidade. Sem saber exatamente o que fazer, Isabella se levanta e olha pela janela, encarando o estúdio de arte de Emily.

***

O estrondo das ondas contra as rochas se mistura ao estalar das folhas secas sob seus pés, criando uma sinfonia sombria. Na escuridão, cada pequeno ruído parece assombrado. Diante do estúdio de arte de Emily, Isabella olha em volta para ter certeza de que está sozinha. Tenta girar a maçaneta que não se move. Dá a volta pela lateral da construção e nos fundos encontra uma porta antiga, enferrujada. Com um empurrão leve, a porta se abre ao som de um rangido agudo. Um arrepio percorre seu corpo ao encarar o interior escuro e gelado. Hesitante, Isabella entra.

Ela procura um interruptor, mas desiste rapidamente e opta pelo brilho discreto da lanterna do celular. Sua entrada é denunciada por um rangido do assoalho de madeira, um som que se assemelha a um gemido de dor sob seu peso.

O interior é um labirinto caótico de bagunça; pilhas de caixas, tintas e pincéis espalhados por todos os lados.

Mesmo tentando andar com cuidado, Isabella esbarra numa lata de tinta, que cai e espalha seu conteúdo vermelho vibrante pelo chão e pela calça dela.

O feixe da lanterna revela a dimensão do acidente, e logo recai sobre uma enorme tela à sua frente, que prende seu olhar e sua respiração. Retratada com detalhes assustadores, está ela mesma, subindo as escadas da casa, coberta de sangue, no exato dia em que matou Martin. A tela, ao mesmo tempo amedrontabte e linda, a paralisa num olhar de puro terror e fascínio.

Com os olhos arregalados de medo, ela examina o resto da sala. Por toda parte, pinturas perturbadoras e distorcidas a observam.

Pela janela, ela consegue ver claramente seu quarto. Lá dentro, a luz se acende, revelando uma figura em movimento.

Um trovão rasga o céu com um estrondo ensurdecedor e ela é dominada por um pânico sufocante.

Na pressa de sair dali, ela tropeça, e os olhos pintados das figuras macabras nas telas parecem segui-la enquanto cai. A bagunça espalhada pelo chão ganha vida, transformando-se em mãos que a agarram, tentando impedi-la de fugir.

Já perto da porta, um som suave e lamentoso a faz parar, um choro quase humano. Mesmo com o medo pulsando em suas veias, algo a atrai de volta. Ao se virar, encontra uma pequena escrivaninha bagunçada, repleta de artefatos variados, entre eles uma caixa que parece sussurrar seu nome. Lá dentro, ela encontra um colar com um pingente em forma de "**M**", coberto de sangue seco.

Dominada pela constatação de que seus pesadelos talvez não fossem apenas sonhos, mas visões de um passado horrível, ela aperta o colar com força.

A chuva lá fora engrossa, e ela se lembra de que precisa sair dali. Segurando o colar com força, Isabella sai correndo do estúdio. A fúria da tempestade a envolve enquanto ela deixa rastros de tinta vermelha pelo caminho.

Alcançando um abrigo momentâneo sob uma árvore, ela para e olha para a janela do seu quarto, agora escuro novamente.

***

Lá fora, a chuva cai firme, seu ritmo constante preenche o silêncio da madrugada. Ofegante, com o c oração acelerado, Isabella sacode Michael, arrancando-o de um sono profundo.

"Está tudo bem?" Ele murmura, ainda grogue.

Isabella, tentando controlar o próprio desespero, começa a descrever a visão perturbadora que a atormenta desde aquela noite na floresta, a mesma onde Michael e seu pai a encontraram.

"Eu... eu vi mulheres nuas... em um ritual horrível, cantando e dançando ao redor de uma fogueira" gagueja, a lembrança ainda viva e apavorante. Faz uma pausa, engolindo em seco.

"E elas estavam sacrificando uma mulher. Foi horrível, tão real…" As lágrimas escorrem por seu rosto, deixando sua dor à mostra.

Michael, confuso e ainda tentando despertar por completo, tenta entender. "Calma, Isabella. Do que é que você está falando?"

"...E hoje à noite, eu tive a mesma visão, mas desta vez vi que a mulher que matou sua mãe…" ela faz uma pausa antes de continuar. "... era Emily..."

Ele salta da cama, chocado com as palavras dela. "Que porra é essa, Isabella? Isso não tem graça!" ele diz, irritado.

A voz dela vacila entre medo e certeza. "Eu sei que parece loucura, mas agora... Eu posso sentir algo maligno nesta casa. Algo está errado, Michael. Daniel também sente isso."

A irritação toma conta de Michael, seus gestos ficam mais bruscos.

"Daniel é apenas uma criança que acabou de perder o pai. Claro que ele vai inventar amigos imaginários para lidar com a situação", retruca, tentando desconsiderar as palavras dela.

"Não!" Isabella insiste. "Não! Daniel começou com isso antes mesmo do incidente..."

Antes que pudesse terminar, Michael explode. "Talvez sua mãe estivesse certa! Você é louca, igual ao seu pai!"

A dureza das palavras a atingem em cheio e ela fica em silêncio por um momento.

"O... o que você disse?" ela sussurra, a dor é evidente em sua voz.

Michael percebe o peso de suas palavras, o arrependimento se mistura à sua própria tristeza.

"Desculpa, Isabella... Eu só... estou tentando lidar com a perda do meu pai e ser forte para todos," diz ele, com a voz embargada, e lágrimas começam a cair.

Isabella o vê desabar de volta na cama, dominado pela dor. Ela tira o colar do bolso e, em silêncio, se senta ao lado dele. Abrindo sua mão, ela o coloca delicadamente na palma dele.

Ao encarar o colar, Michael fica paralisado. "Onde você encontrou isso?"

"No estúdio da Emily... Acho que ela está envolvida em coisas horríveis… incluindo a morte da sua mãe", ela revela, com um tom pesado.

Michael olha para ela, uma mistura de gratidão e tristeza em seus olhos.

"Agora você acredita em mim?", ela pergunta.

Ele acena com a cabeça, apertando o colar com força.

"Eu dei esse colar para minha mãe quando eu tinha seis anos... Ainda posso sentir as mãos macias dela me segurando...", ele compartilha, perdido na memória do toque amoroso de sua mãe.

Isabella o abraça. "Olha… me desculpa por ter dito aquelas coisas sobre seu pai... Naquela noite, antes de tudo acontecer, eu estava indo para a cozinha e vi seu pai saindo na direção do antigo quarto dos bebês. Talvez ele tenha encontrado algo lá que o fez surtar? Acho que a gente devia ir até lá ver... ", ela sussurra.

Enquanto Michael levanta a cabeça para olhá-la mais uma vez, a vulnerabilidade desaparece, substituída por um sentimento de ódio. Seus olhos cor de avelã, antes perdidos, agora ardem com desejo de vingança.

***

Em silêncio, os dois caminham lado a lado pelos longos corredores mal iluminados da casa, a tensão entre eles é evidente. O coração de Isabella dispara, batendo com força em seu peito conforme se aproximam do antigo berçário. As mãos quentes de Michael envolvem as dela, que tremem, oferecendo um breve alívio à sua ansiedade. Quando seus olhares se encontram, ele tenta tranquilizá-la com um sorriso.

Parados diante da porta, a voz dele é quase um sussurro. "Faz anos que não entro nesse quarto…" ele diz apreensivo.

Com delicadeza, Isabella empurra a porta, revelando o espaço frio e esquecido. Michael dá um passo à frente, percorrendo com o olhar os vestígios do passado, fotografias dos irmãos ainda bebês, os berços vazios. Seus olhos então encontram uma caixa repleta de arquivos da investigação sobre o desaparecimento do bebê.

Do outro lado do quarto, Isabella nota a porta de um closet escondida atrás de uma cômoda que claramente foi arrastada. Michael percebe sua dificuldade e vai ajudá-la, juntos, empurram o móvel para o lado.

Ao abrirem a porta, um cheiro repugnante emana de dentro, e ambos instintivamente tampam o nariz.

Ali dentro, há um altar perturbador, inconfundivelmente ligado a Emily. Sobre a mesa, velas pretas queimadas, manchas escuras de sangue seco e livros satânicos, sugerindo rituais macabros.

A atenção de Isabella é atraída para uma gaveta ligeiramente aberta, cercada por fotografias espalhadas. Ao se aproximar e ver o que há ali, começa a chorar intensamente, tomada pela gravidade da descoberta.

"Acho que foi isso que seu pai viu naquela noite", ela diz baixinho.

Michael corre até onde ela está. Ajoelhando-se, ele as olha mais de perto, pois não consegue acreditar no que está vendo. As fotografias diante dele capturam momentos íntimos de sua mãe, de seus pais juntos e até mesmo de sua infância, estranhamente sugerindo que foram tiradas por alguém que os observava à distância. A percepção disso faz suas mãos tremerem incontrolavelmente.

A voz de Isabella, frágil, rompe o silêncio pesado. "Michael... c-como seu pai conheceu a Emily?", ela pergunta, hesitante.

A garganta de Michael se fecha, dificultando até para respirar. Ele continua olhando atentamente as fotos, ainda em choque, enquanto revive a lembrança dolorosa.

"Foi apenas alguns meses depois que minha mãe desapareceu e foi declarada morta. Eu estava no meu quarto naquela noite, quando ouvi um barulho no andar de baixo. Minha curiosidade falou mais alto porque sempre tive esperança de que um dia minha mãe voltaria para casa. Então, desci para ver. Foi aí que vi meu pai... Ele estava cambaleando, mal conseguia ficar em pé, completamente bêbado. E lá estava ela, Emily, entrando na nossa casa com ele como se já fosse dela."

Ele faz uma pausa, a lembrança parecia dolorosa de se reviver. "Minha avó estava lá naquela noite cuidando de mim. Ela me viu espiando da escada e rapidamente me chamou de volta para o meu quarto."

Trêmulo, Michael respira fundo e continua. "Mas não demorou muito depois daquela noite... Do nada, meu pai anunciou que ele e Emily iam se casar. Eu não conseguia acreditar. Fiquei muito bravo. Não conseguia nem olhar para meu pai . Eles devem ter percebido isso nos meus olhos, porque pouco depois me mandaram embora. Me mandaram para um colégio interno por alguns meses. Acho que esperavam que eu me acalmasse, imagino."

Sua voz se torna um sussurro. "Quando voltei, a Emily estava grávida. Foi então que percebi que não havia nada que eu pudesse fazer para mudar o que tinha acontecido. Meu pai... ele sempre se preocupou demais com as aparências, em manter essa fachada de uma família perfeita, embora estivéssemos longe disso. Por dentro, nossa casa mais parecia uma prisão disfarçada, uma casa repleta de verdades não ditas e ressentimentos ocultos". Ele pausa novamente por um momento, como se tivesse se dado conta de algo novo. "Você acha que Emily lançou algum tipo de feitiço sobre o meu pai? Você acha que ela é algum tipo de... bruxa? Nossa, meu Deus, só o fato de dizer isso em voz alta já parece uma piada."

Isabella percebe o olhar de Michael, seus olhos cheios de lágrimas.

"Sinto muito...", ela sussurra, a voz embargada de culpa pelo que fez com Martin. Ele se levanta, e os dois se abraçam, em silêncio.

Enquanto se abraçam, os olhos de Michael captam algo

inesperado no altar, uma fotografia de Isabella saindo do meio de um livro antigo. "Espera...", ele fala baixinho, retirando a foto com cuidado. É uma imagem do programa de au pair de Isabella.

O livro, manchado de sangue e sujeira, traz uma ilustração macabra e textos em latim. Como Isabella fala português, consegue entender algumas palavras, já que os dois idiomas compartilham raízes semelhantes.

Ela percorre com o dedo as palavras que consegue reconhecer: *accende* (em português, "acender"), *candelabra* ("candelabro"). A frase começa a fazer sentido. *Pellis* soa como "pele", humana sendo a mesma palavra. *Sacrificium* lembra "sacrifício" e *offer* é próximo de "oferecer".

O pavor cresce dentro dela, não se trata apenas de um ritual qualquer: é um ritual satânico, envolvendo um sacrifício humano.

Temendo o pior, ela mal consegue sussurrar.

"Eu acho que isso pode ser algum tipo de maldição...? E acho que... foi feita para mim..." Suas mãos tremem enquanto ela passa os dedos pelas palavras na página, desesperada para tentar entender a extensão total dessa ameaça macabra.

Emily aparece na porta, a aparência abatida, os olhos mergulhados em sombras.

"Em parte, você está certa. E a maldição... está quase completa" diz ela, com uma certeza cansada na voz.

Eles se assustam com sua presença repentina. Antes que ela possa continuar, Michael a interrompe.

A voz é baixa, mas carregada de raiva. "Você matou minha mãe?".

Emily permanece em silêncio, sem oferecer nenhuma resposta à acusação. Isabella, tomada por um misto de medo e

confusão, insiste.

"Que tipo de maldição? Do que você está falando? O que está acontecendo? É por isso que eu estou tendo pesadelos e visões?", suas perguntas cortam o ar, carregadas de tensão.

Michael grita. "VOCÊ MATOU MINHA MÃE??"

O silêncio de Emily tira Michael do sério e ele começa a empurrá-la com força pela sala, repetindo a mesma pergunta. Para cada ausência de resposta, os empurrões se tornam mais intensos e mais pesados.

Isabella, seguindo-os pela sala sem saber exatamente o que fazer, vê uma sombra passando rapidamente atrás deles pelo reflexo da janela. Ela olha para trás, mas não vê nada. A voz de Michael ao fundo parece se dissipar à medida que Isabella sente uma enorme sensação de pavor na barriga. Ela olha novamente para o reflexo e, ao se aproximar da janela, vê uma fumaça saindo da escuridão da floresta.

"Fogo...", ela sussurra para si mesma.

De repente, os gritos desesperados de Lily ecoam do outro lado da casa.

Michael, que mantém Emily pressionada contra a parede, afrouxa o aperto assim que ouve os gritos. Ela, em pânico, começa a implorar.

"Não, não, não... Eu não deveria ter deixado ela sozinha. Me solta!" Ela se debate contra o controle de Michael, desesperada.

"Ela é sua irmã, pelo amor de Deus! Ela está em perigo! Eles querem que eu pague com a vida dela..." Sua voz se dissolve em gritos e soluços.

Ao perceber a gravidade da situação, Michael a solta, e Emily sai correndo em direção à origem dos gritos, com ele logo atrás.

Isabella, ainda hipnotizada pela visão do fogo na floresta, ouve os gritos de Emily ao longe que a arrancam do transe. Seu corpo reage antes mesmo que a mente processe e ela sai correndo na direção dos dois.

***

Isabella entra correndo no quarto de Emily e encontra ela e Michael procurando freneticamente pela bebê.

"O que está acontecendo?" Isabella pergunta, preocupada.

Emily sai correndo do quarto e se dirige para a sala de estar, gritando em agonia.

"Eles a levaram! Não consigo acreditar! Depois de todos esses anos sendo cuidadosa, trancando todas as portas e janelas..." Enquanto fala, ela abre as portas do armário, arranca as roupas dos cabides e joga tudo no chão na esperança desesperada de encontrar a filha escondida em algum lugar. "...n-nunca deixando ela fora da vista de alguém, c-colocando amuletos e proteções ao redor do berço...", diz, andando até o berço e, com as mãos trêmulas e os joga com raiva no chão. "Virando noites acordada, colocando cortinas escuras pra ninguém ver lá dentro, até lancei um feitiço na casa para que só convidados pudessem entrar, e mesmo assim, eles levaram ela!" Isabella e Michael correm atrás de Emily.

"Cadê o Daniel?", Isabella pergunta, cada vez mais aflita

Ao mencionar o nome do menino, Emily insiste. "Esquece ele! Não é dele que eles querem! ELES SÓ QUEREM BEBÊS."

Mas Isabella ignora Emily e vai direto para o quarto de

Daniel.

Emily a segue, insistindo. "Daniel está seguro! Ele tem dez anos, é a Lily que eles querem! POR FAVOR, ME AJUDA A ENCONTRAR MINHA FILHA!"

A *au pair* abre a porta do quarto, e eles encontram Daniel parado, encarando a janela. Um alívio imenso invade Isabella e Michael, que correm até ele e o abraçam, gratos por vê-lo bem.

Emily fica na porta, impaciente. "VIU!", ela diz, com a voz carregada de irritação.

"Eu falei que ele estava perfeitamente seguro! Ele não é mais um bebê— "

O som da campainha interrompe suas palavras como um grito cortante. Daniel sussurra rapidamente, quase inaudível. "Não atendam..."

***

Agatha está parada na porta, segurando um guarda-chuva. A forte chuva cessou por um instante, embora ainda esteja trovoando. Seus olhos, negros como o fundo do oceano, percorrem a sala enquanto ela, silenciosa como uma sombra.

"Ouvi gritos e vim ver se estava tudo bem", ela diz, com um tom preocupado.

Michael, tomado pela tensão do momento, ignora completamente a presença de Agatha. "Vou ligar para a polícia", declara com firmeza, tentando usar o celular, que não liga de jeito nenhum. Frustrado, ele se apressa em direção ao telefone fixo da casa.

Emily protesta imediatamente. "NÃO! Eles não vão ajudar. Só vão piorar a situação".

Agatha, cuja presença passa despercebida por todos, pergunta novamente, confusa. "O que está acontecendo aqui?"

Isabella, que está ao lado da janela com os braços em volta de Daniel, responde em voz baixa. "Lily desapareceu..."

Os olhos de Agatha se arregalam. "O quê? Como assim?" ela pergunta, mas é ignorada mais uma vez.

Michael vai até o telefone fixo e começa a discar para a polícia. Em pânico, Emily corre até ele e corta o fio com um movimento rápido. Furioso com a atitude dela, Michael a empurra para longe. "Isabella, você está com seu celular?". Mas o seu celular também não liga de jeito nenhum.

"Michael, por favor, me escute...", Emily implora, tocando-o mais uma vez.

"Eu já disse para você não tocar em mim!", ele exclama. "Já estou de saco cheio dessa merda!". Ele pega as chaves do carro e se vira para Isabella. " Vamos até a polícia."

"Por favor, não!" Súplica Emily, quase sem voz.

Isabella, segurando a mão de Daniel, tenta seguir as instruções de Michael, mas o menino resiste. "Eu não posso deixar meu irmão sozinho na casa com a Emily."

Ao ouvir aquilo, Emily se vira para Daniel, confusa e magoada. "Por que você me chamou de Emily? Eu sou sua MÃE!", ela grita, indo na direção dele.

"NÃO! Você é uma bruxa horrível! Samael me contou o que você fez com ele!" Daniel grita, recuando o toque dela.

Com a menção ao nome de Samael, Emily entra em transe, repetindo o nome dele em sussurros.

"Como você sabe, como você sabe sobre ele?", sua voz treme de incredulidade.

Isabella tenta puxar Daniel para longe, mas ele resiste e encara Emily. "Meu irmão fala comigo."

Um sorriso breve surge no rosto de Emily, e ela murmura para si mesma. "Funcionou..."

Desesperada, ela se aproxima ainda mais do filho. "Por favor, peça perdão a Samael."

Daniel, repelido por sua aproximação, cospe nela e diz à Isabella. "Eu não quero ir". Então ele solta a mão de Isabella e sai correndo pela porta aberta em direção à floresta.

"DANIEL!" Ela grita, apavorada.

Michael, que já estava entrando no carro, salta ao ver seu irmão correndo em direção à floresta. Em desespero, ele também grita, "DANIEL!"

CAPÍTULO

10

Ao entrarem na floresta, eles são imersos em um silêncio amedrontador. O ar é frio, o chão lamacento e escorregadio. As árvores se erguem de forma ameaçadora, com galhos que parecem dedos esqueléticos tentando agarrá-los, e como se olhos invisíveis estivessem observando cada passo. A mata parece mais densa e escura do que Isabella se lembrava, um verdadeiro labirinto sufocante.

Emily parece cada vez mais perturbada, a voz trêmula repete a mesma frase para si mesma, como se estivesse presa em um transe. "A–a alma do Sa-Samael está viva...".

Michael, alguns passos à frente do grupo, pausa para gritar entre as árvores densas. "DANIEL!", sua voz ecoa.

Isabella alcança Emily e tenta tirá-la daquele estado. "Emily, seus filhos, Daniel e Lily, desapareceram. Eles precisam de você!", ela implora. "Por favor, nos diga o que está acontecendo. Do que se trata tudo isso? Precisamos entender com o que estamos lidando!"

Emily pisca algumas vezes, como se voltasse momentaneamente à realidade. "Minha bebê... eles levaram minha bebê...", a voz embargada pelo desespero. "A maldição deveria ter funcionado... por que não funcionou...?"

"Do que você está falando, pelo amor de Deus, Emily?" insiste Isabella, a voz carregada de aflição.

Michael ouve a conversa e, tomado pela frustração, interrompe bruscamente. "Esqueçe, Isabella. Ela é louca. LOUCA! E terá sorte se eu não acabar com a vida dela esta noite".

Agatha, que vinha caminhando silenciosamente ao lado deles o tempo todo, finalmente rompe o silêncio, sua voz é baixa. "O que o Daniel dizia quando falou que você é uma bruxa?" A pergunta dela, direcionada precisamente a Emily, é como uma flecha atravessando o clima pesado.

Emily para imediatamente, se virando para encarar o grupo. Todos os olhos se voltam para ela, esperando uma resposta. Até a floresta ao redor parece prender o fôlego, aguardando o que ela tem a dizer.

A voz de Emily carrega um tom de amargura quando ela começa a revelar seu passado.

"Martin era aluno do meu pai na faculdade, lá em Boston. Eu me apaixonei por ele, mas, para ele, eu era apenas uma criança", Emily começa a se abrir, com a voz vacilando ligeiramente. "Tentei persuadi-lo várias vezes, mas ele decidiu contar ao meu pai, que então me mandou para estudar em um colégio interno em Londres."

A voz de Emily suaviza, quase melancólica. "Quando voltei, descobri que ele havia se mudado de volta para a cidade dele, então fui procurá-lo. Ele não me reconheceu e, quando eu estava prestes a dizer quem eu era, a sua mãe apareceu, e segurou a mão dele. Meu coração quase parou. Eu queria gritar, arrancar o meu coração partido do peito".

Ela desvia o olhar por um momento, perdida em suas memórias. "Mas depois de meses remoendo tudo, conheci uma amiga que ouviu todas as minhas mágoas. Ela me fez refletir profundamente, e então me lembrei de todos os pequenos sinais que seu pai me deu ao longo dos anos. Ele me amava, mas precisava que eu crescesse um pouco mais. Foi por isso que ele contou ao meu pai, e foi por isso que meu pai me mandou embora. Ele só precisava de mais tempo..." O tom dela muda, tornando-se mais intenso. "Mas sua mãe arruinou tudo! Ele não deveria tê-la conhecido, e claro, ele deveria ter esperado por mim. Até entendo que foi um pouco de fraqueza da parte dele, mas meu coração estava cheio de perdão por ele."

Michael a encara, incrédulo. "Meu Deus, você é ainda mais louca do que eu pensava! Você consegue se ouvir?!"

O rosto de Emily endurece, perdendo qualquer traço de doçura, e ela continua sua história. "Foi então que minha nova amiga me disse que eu poderia ter tudo o que sempre quis, em troca de um pequeno preço. Claro que aceitei imediatamente."

Emily segue contando, com um leve brilho de loucura

nos olhos. "Minha amiga me convidou para fazer parte de seu culto, e todos me acolheram de braços abertos. Minha vida finalmente começou a se encaixar, tudo passou a ser perfeito. Até mesmo as coisas simples, como meu cabelo estar sempre bonito, minha pele impecável...", ela diz com um tom quase sonhador.

"Então, meu ritual de iniciação começou", lembra Emily, com a voz assumindo um tom nostálgico. "Elas disseram que eu teria tudo o que sempre quis, especialmente o seu pai de volta, o amor da minha vida. E que elas seriam minha nova família. Bom... eu nunca soube o que era ter alguém que realmente se importasse comigo, então tudo parecia perfeito", acrescenta, com lágrimas enchendo os olhos.

"Na noite da minha iniciação, eu sabia que teria que matar alguma coisa," sua voz permanece firme. "No começo, pensei que fosse ser uma cabra ou algo assim. Mas, quando entrei na floresta, vi sua mãe ao longe, no meio do ritual. Fiquei paralisada por um instante, mas sabia que era um teste, provavelmente queriam saber se eu era forte o suficiente. E eu era." Ela faz uma pausa, tentando recuperar o fôlego.

"Eu cortei a sua mãe ao meio. Ela estava grávida, e isso só aumentou meu ódio por ela! Aquele bebê deveria ter sido meu", confessa Emily, as palavras frias e sem remorso.

Ao ouvir isso, Michael é tomado por uma fúria cega e parte para cima de Emily.

Num movimento rápido, ela tira do bolso uma faca pequena, mas afiada — a mesma da visão de Isabella — e corta o braço de Michael para detê-lo.

"Calma, Michael!" ela diz, com um tom desesperado. "Você precisa ouvir tudo... precisa entender com o que estamos lidando. Isso não é humano."

Isabella corre até Michael, segurando seu braço ferido enquanto o sangue escorre, tentando estancar o fluxo e acalmá-lo.

A voz de Emily vai ficando distante. "...Senti uma presença sombria ao meu lado. Sabia que era alguma força demoníaca, era intensa, real. E, de alguma forma, eu sabia o que ela queria", explica, com um tom assustadoramente calmo. "Então, coloquei as mãos dentro da barriga da sua mãe, retirei o feto e o entreguei à criatura."

Michael ouve em silêncio, enquanto as lágrimas escorrem pelo seu rosto, tomado pelo horror das palavras de Emily.

Ela continua, com a voz controlada, apesar da monstruosidade do que relata. "Eu não olhei para cima, mas senti o toque daquela coisa... E ouvi seus comandos dentro da minha cabeça. Eu sabia exatamente o que ela queria."

Faz uma pausa, levantando o braço para mostrar uma cicatriz gravada em sua pele.

"Então, escrevi meu nome na minha própria carne, como a criatura pediu", revela, apontando a cicatriz como prova do pacto com o demônio.

A história de Emily toma um rumo ainda mais sombrio à medida que ela continua, cheia de arrependimento. "Imediatamente, tudo começou a acontecer como eu queria. Sua mãe estava fora de cena, seu pai se apaixonou por mim mais uma vez. Tudo estava perfeito... Até que fiquei grávida dos gêmeos." Ela fez uma pausa, uma sombra de tristeza toma conta de suas feições.

"O demônio, conhecido como *Baby Seeker*, me visitou mais uma vez, exigindo o que lhe era devido conforme nosso pacto, a alma inocente de um dos meus filhos." A voz dela falha sob o peso de suas lembranças. "Eu não podia voltar atrás no pacto ou perderia tudo o que havia conquistado. Então, fui forçada a fazer uma escolha impensável entre meus bebês."

Emily treme ao revelar os detalhes sombrios de sua decisão. "Então eu escolhi Samael. Fingi que Daniel estava doente naquele dia e não o levei para a creche, apenas Samael... O demônio cobrou seu preço..." Seus olhos, tomados pela tristeza, se perdem por um instante. "...mas eu fui esperta. Consegui batizar Samael antes. Mesmo que o *Baby Seeker* tenha devorado seu corpinho inocente, ele não pôde se alimentar de sua alma..."

A voz falha, e ela continua. "Eu não tinha certeza se tinha funcionado... até hoje, quando o Daniel disse que estava conversando com o irmão. A alma do Samael foi mesmo salva..." O peso de suas ações passadas e as repercussões assombrosas a abalam visivelmente enquanto ela tenta manter a compostura.

Isabella sente uma onda de desespero e incredulidade tomar conta de si com tudo o que está ouvindo. Lágrimas escorrem por seu rosto enquanto uma lembrança distante lhe invade a mente, algo que sua mãe contou a ela e à irmã uma vez, durante um estudo bíblico. Incapaz de se conter, Isabella interrompe Emily. Sua voz treme, saindo quase como um sussurro.

"Emily, pelo que você está descrevendo... você é, uma bruxa…! Minha mãe me disse uma vez que as bruxas não geram filhos... elas os COMEM." Isabella não sabe mais como lidar com a carga tão pesada, seu rosto contorcido de tristeza e choque. "Emily, você comeu seu filho?", ela pergunta, em tom acusatório.

Emily reage na hora, na defensiva, com a voz afiada.

"Não! Você não ouviu o que eu disse? Foi o demônio *Baby Seeker*! ...Mas foi minha culpa..." sua voz vai diminuindo.

Isabella, com a mente a mil, se lembra das pinturas monstruosas que viu no estúdio de arte de Emily.

"Pelo que eu sei, demônios não aparecem na Terra do nada... eles precisam possuir alguém. Emily, você comeu o seu filho naquele dia na creche?" ela insiste.

A tensão entre eles cresce, cada rosto marcado por expressões carregadas de medo e repulsa. É então que a mente de Emily começa a desmoronar.

As lembranças daquele dia horrível se confundem em um borrão. De repente, ela começa a vomitar e, restos do que parecem ser partes de um bebê são expelidos. O pânico toma conta e Isabella, assim como os outros, recua. Naquele momento, o impacto das ações de Emily se torna assustadoramente claro.

"Não, não, não... Isso não é possível...". Emily, luta para compreender a realidade grotesca diante dela, limpa o rosto, misturando lágrimas ao vômito. Em um desespero frenético, ela abaixa-se para recolher os restos do bebê no chão. Ela fecha os olhos, tentando se recompor, mas ao abri-los novamente, os pedaços desaparecem. O olhar dela se perde, ainda mais confuso.

"Cadê? Onde meu bebê foi?" ela fala desesperada enquanto revira seu vômito.

"Cadê o que, sua doente?!" grita Michael, o rosto tomado pela fúria, sem conseguir processar toda a história macabra.

Percebendo que pode ter sido enganada pelo próprio demônio, ela insiste. "Não... Não, ele está tentando me confundir... Eu preciso terminar a história...", suplica, desesperada para dar sentido aos acontecimentos distorcidos que os levaram até ali.

"Vocês têm que entender… desde então, eu só queria sair disso. Acabar com esse pacto", diz, a voz embargada pelo desespero.

"Eu não sabia se o demônio voltaria um dia, e minha cabeça começou a me pregar peças. Eu comecei a parecer louca, virei uma obsessiva, e isso afastou o Martin de mim. Eu não sabia o que fazer."

Ela faz uma pausa, os olhos refletem o medo.

"Então, decidi engravidar novamente. Ele adorava crianças, e eu sabia que continuaria me amando se eu engravidasse novamente. Mas, ao mesmo tempo, eu estava apavorada com a possibilidade de o *Baby Seeker* querer levar meu novo bebê… porque comecei a investigar mais a fundo sobre ele e descobri que essa criatura só se alimenta de bebês. Por isso eu sabia que o Daniel estava seguro, ele já não era mais um bebê." Ela para para respirar fundo antes de continuar.

"Então, encontrei um antigo livro de uma velha bruxa, que me mostrou uma maldição pela qual eu poderia trocar minha dívida por outra alma — a sua, Isabella", confessa Emily, com a voz de quem entende a gravidade de suas ações. "Eu fiz isso. Ainda não tinha certeza se ia funcionar como eu planejava, então comecei a buscar o perdão de Deus por todos os meus pecados. Foi aí que comecei a enxergar todo o mal que eu tinha causado."

Sua expressão se endurece enquanto continua. "Mas eu sabia que precisava proteger meus filhos, então não tive escolha a não ser continuar com o pacto de vender sua alma em troca de limpar minhas dívidas… Eu tentei ir até a igreja para batizar a Lily, mas eu já carregava o mal dentro de mim, então não consegui nem permanecer lá dentro," diz ela, com a voz marcada pelo medo. "Seu pai descobriu tudo e tentou me matar. A Isabella me salvou. Ela matou ele por mim. Foi ali que eu soube que o pacto estava funcionando, e eu vi a alma dela sendo lentamente corrompida. Mas agora eu sei que nunca vou ser livre. Nunca vou me livrar do meu passado, nem da minha culpa. Eu comecei a apodrecer por dentro..." O rosto de Isabella se carrega ainda mais ao ouvir aquelas palavras. Ela sente tanto ódio dentro de si, mas com as revelações de Emily, já não sabe mais se esse sentimento vinha realmente dela... ou se também estava começando a apodrecer por dentro, por causa das coisas horríveis que tinha feito nos últimos dias.

"Me perdoem... Isabella, Michael, por favor..." a voz de Emily falha enquanto ela estende a mão em direção a ele com desespero.

Os dois recuam ao toque dela, os rostos fechados, frios, como se não restasse mais nada a dizer. Percebendo a rejeição, Emily continua. "Por favor, ao menos salvem meus filhos! Eles são inocentes em tudo isso...".

Agatha, que esteve quieta o tempo todo, fala por todos. "Bom, Emily. Creio que você sabe o que deve fazer...", sua voz é afiada como uma lâmina.

Emily enxuga as lágrimas e pensa por um momento. "Você tem razão. Acho que sei como acabar com isso. Sou eu quem está em dívida, então vou acabar com isso agora". Ela olha fixamente para a frente, como se visse alguém que os outros não enxergam, e sussurra. "Sinto muito... eu te amo..." Em um gesto súbito, Emily desliza a faca contra a própria garganta, num corte brutal. O sangue jorra enquanto ela cai no chão, deixando todos em choque.

Daniel surge de trás de uma árvore, era para ele que Emily olhava ao dizer suas últimas palavras. Michael e Isabella

correm até ele, tentando impedir que veja o corpo sem vida da mãe. Mas Daniel encara a cena com os olhos firmes e diz. "Eu estava aqui o tempo todo. Escutei toda a história."

Então, antes que alguém possa dizer qualquer coisa, do meio da floresta, eles ouvem os gritos de Lily. O corte no braço de Michael é muito profundo e sangra rapidamente.

"Michael, pega o carro e leva Daniel para o hospital para ele não ficar sozinho, depois chama a polícia de lá", diz ela com urgência.

Daniel reage na hora, gritando. "Não! Isso não é uma boa ideia!".

Michael também protesta imediatamente. "Eu não vou deixar você aqui neste lugar!"

Tentando controlar a situação, Isabella respira fundo e chama a atenção deles. "Chega, vocês dois!" diz com firmeza. "Eu fui arrastada pra tudo isso sem saber de nada, e agora vocês dois vão ter que me ouvir." Ela se volta para Michael com um tom sério. "Olhe para este corte! Você é médico. Eu sei que você sabe que está profundo e que pode morrer por causa disso! Daniel e Lily só têm você agora, é a única família que eles têm. Você precisa ir para o hospital! AGORA!"

Michael sabe que ela tem razão, pois, se o corte for profundo o suficiente, pode causar danos irreparáveis aos nervos do braço. E a adrenalina, ao percorrer o corpo, pode transformar o ferimento em uma hemorragia fatal. Seu pensamento se acelera, desesperado para encontrar qualquer outra solução.

Isabella então se vira para Daniel, e sua voz suaviza. "Eu realmente preciso da sua ajuda agora. Preciso que você seja meu herói hoje, Daniel. Como nos filmes... Lembra? Você me prometeu que me ajudaria a fazer parte das cenas dos filmes que eu cresci assistindo. Agora esta é apenas mais uma.

Preciso que você seja meu herói. Vá com Michael, e sua missão é não deixá-lo parar até que vocês dois cheguem ao hospital. Você me ouviu?"

Enquanto os gritos de Lily se tornam mais altos e desesperados nas profundezas da floresta, Daniel, chorando, insiste. "Não, você ouviu minha mãe! Foi um demônio que levou a Lily e não se pode lutar contra um demônio!"

Isabella tenta acalmá-lo. "Bom, se você ouviu sua mãe direito, sabe que agora que ela se foi, não precisamos mais ter medo de nada. A maldição acabou." Por dentro, no entanto, Isabella sente que talvez esteja contando uma mentira.

"Não, eu não confio nela…" Daniel diz, desesperado, enquanto olha para o corpo da mãe e volta a olhar para Agatha.

"Michael está sangrando muito, então vocês dois precisam ir. Eu fico com a Isabella e a ajudo a encontrar a Lily até vocês voltarem com a polícia", interfere Agatha.

Michael, dividido, sem querer deixar Isabella para trás, a beija em sua testa e diz.

"Eu volto logo com ajuda." Ele então arrasta Daniel, que chora, e juntos seguem em direção ao carro.

***

Isabella e Agatha andam pela floresta escura e densa, onde os galhos grossos bloqueiam a luz da lua.

Isabella se vira para Agatha e pergunta. "Você ainda consegue ouvir a Lily?"

Agatha balança a cabeça em silêncio, dizendo que não.

O ar está carregado, cheirando a terra molhada… e mais alguma coisa. *Seria fumaça?* Elas continuam caminhando, e um trovão forte ecoa pelo céu. A floresta parece se fechar ainda mais ao redor delas e os arbustos se enroscam em suas roupas, como se tentassem impedi-las de seguir em frente.

Parando por um momento, Isabella respira fundo e percebe o cheiro de fumaça com mais clareza.

"Você está sentindo isso?" ela pergunta em voz baixa.

Agatha faz que sim com a cabeça, com uma expressão séria. "Sim, é fumaça."

Elas aceleram o passo, seguindo o cheiro que se intensifica a cada metro. Outro estrondo de trovão ecoa lá em cima, empurrando-as ainda mais rápido para dentro da floresta sombria.

Agatha começa a falar em tom baixo. "Sabe, de onde eu venho, há histórias sobre demônios que devoram almas..."

Isabella permanece em silêncio, seus olhos constantemente checam os arredores, alerta a qualquer movimento ou som incomum.

Sem se abalar com o silêncio de Isabella, Agatha continua. "Eu me recordo de minha mãe me contando que o *Baby Seeker* iria aparecer à noite se eu não a obedecesse. É uma história bem antiga. Nem acredito que estamos falando disso hoje." Ela faz uma pausa, observando Isabella em busca de qualquer reação. "Você crê que a Emily dizia a verdade?"

"Eu não sei no que acreditar", Isabella finalmente responde, em voz baixa. "Se é um demônio ou só uma pessoa louca que levou a Lily... Mas eu só sei que consigo sentir que tem algo maligno entre nós, e nunca imaginei que um dia diria uma coisa dessas."

Antes de continuar, Agatha respira fundo e diz. "Minha avó não gostava quando minha mãe me assustava com histórias do *Baby Seeker*, mesmo que fosse só para me fazer comer no jantar, ou ir dormir na hora certa..." Um sorriso discreto se forma no canto dos lábios dela. "Minha avó sempre dizia que não se brinca com essas coisas. Quando uma alma é devorada por um demônio, é como se ela nunca tivesse existido, nunca tivesse estado viva. Essa alma se torna apenas um eco na realidade, e quem conheceu essa pessoa em vida fica apenas com um estranho *déjà* vu que não sabe de onde vem..."

Elas continuam a caminhar em silêncio, o som das folhas secas se partindo sob seus pés se mistura ao estrondo das ondas furiosas quebrando nas pedras próximas e ao céu enraivecido que rasga trovões sobre suas cabeças.

"Você está ouvindo isso?" Isabella pergunta a Agatha, a preocupação fica estampada em seu rosto enquanto examina os arredores.

Agatha franze a testa, concentrando-se além dos ruídos naturais. "Sim, estou ouvindo vozes distantes...", ela confirma.

Isabella faz que sim com a cabeça, e as duas seguem na direção dos sons. De longe, começam a ver mulheres nuas, como em transe, caminhando em direção a uma clareira no meio da mata, uma cena assustadoramente parecida com o sonho de Isabella. Elas se agacham atrás de uns arbustos altos, observando as mulheres dançarem e cantarem ao redor de uma fogueira.

Enquanto observam, Isabella percebe uma sombra escura tomando forma dentro da fogueira. No mesmo instante, a cicatriz da queimadura do crucifixo em sua mão começa a pulsar com dor. Ela olha para baixo e vê sangue escorrendo da ferida.

Elas ouvem os gritos de Lily e percebem que ela está próxima, estendida sobre uma cama de folhas. Ao redor dela, vários símbolos estranhos, cheios de detalhes, gravados na terra. Ao se aproximarem silenciosamente da bebê, Agatha nota o sangue na pele de Isabella.

"Você está sangrando... O que aconteceu?", ela sussurra.

Isabella aperta sua mão. "Não é nada..."

Desconfiada, Agatha se apressa em segurar a mão dela e, com cuidado, abre seus dedos. Seus olhos se arregalam, e ela sussurra, aflita. "Você foi marcada..."

Isabella puxa a mão de volta rapidamente e respira fundo. "Eu não posso acreditar que minha mãe estava certa o tempo todo, sobre o diabo e demônios... e eu pensei que ela fosse apenas uma fanática louca..." Ela faz uma pausa, mergulhada em pensamentos, até que algo parece se acender em sua mente. "...a maldição... Emily disse que fez uma maldição para mim. Talvez o feitiço não tenha terminado, mesmo com a morte dela." A voz de Isabella falha, mas ela continua. "No livro que Michael e eu encontramos com a minha foto no meio, eu vi um tipo de totem ou algo assim. Eu acho que ela pode ter feito um para mim, talvez..."

Com os olhos brilhando com uma ponta de esperança, ela completa. "Talvez, se eu encontrar e destruir essa coisa, o feitiço, ou seja lá o que for, será quebrado..."

A fogueira próxima cresce com força, as chamas dançam cada vez mais alto, enquanto os cânticos sinistros das mulheres ao redor enchem o ar. Sombras escuras tremulam entre as labaredas.

Elas veem algumas das mulheres se aproximando da clareira, arrastando o corpo de Emily pelo chão. Em um ritual frenético, começam a despedaçá-la, devorando algumas partes enquanto cantam e riem de um jeito maníaco. Algumas lançam pedaços de Emily nas chamas crepitantes, seus gritos e cânticos se misturam ao rugido do fogo. Isabella observa, paralisada pelo choque e pelo nojo diante da cena tão macabra.

"Precisamos pegar a Lily", Isabella sussurra.

"Eu ficarei vigiando enquanto você vai pegá-la. As mulheres ainda estão distraídas...", Agatha responde, buscando um lugar onde possa ficar vigiando.

Isabella se move com cuidado, evitando qualquer ruído que possa chamar a atenção. Ela então se aproxima de onde Lily está deitada. Delicadamente, a ergue em seus braços e retorna para juntar-se a Agatha, atenta a cada passo.

"Aqui..." Isabella entrega a bebê para Agatha, que pergunta, confusa. "O que você está fazendo?"

"Eu preciso voltar para a casa e ver se consigo encontrar aquele totem para destruí-lo. Por favor, volte com a Lily e corra em direção à rua. Não pare de correr. A polícia deve estar chegando em breve junto com o Michael e Daniel," Isabella diz, com a voz baixa.

"Não, isso é loucura..." Agatha retruca.

Isabella segura o próprio braço, mostrando a queimadura que piora a cada minuto. "Eu não sei o que isso significa, se vai consumir meu corpo ou se eu vou ser possuída... Só não quero que ninguém perto de mim descubra do pior jeito, principalmente a Lily. Minha única esperança é aquele totem, se é que ele existe. Então, por favor, leva a bebê e corre!"

Ela beija a cabeça da pequena Lily e dispara pela floresta de volta em direção à casa, sem se permitir olhar para trás.

CAPÍTULO

11

Daniel e Michael saem da floresta. Michael solta um gemido de dor enquanto cambaleia para a frente, sangrando. Ao se aproximarem do carro, a expressão de Michael se transforma em frustração. "Merda! Não, não, não!" Michael grita ao ver que os pneus do carro foram cortados.

Daniel corre até o carro para inspecionar mais de perto. Voltando-se para Michael, diz, aflito. "O que vamos fazer... Você está perdendo muito sangue, Michael, eu não posso te perder." Ele diz quase chorando.

"Você não vai me perder, está bem?", Michael responde com firmeza, embora sua voz esteja tensa. "Lá em casa temos um kit de primeiros socorros. Vou cuidar disso e depois podemos ajudar a Isabella."

Michael já começa a ficar pálido e fala com a respiração ofegante, revelando a gravidade de sua condição. Sem perder mais tempo, os dois correm em direção à casa para pegar os suprimentos médicos.

***

Isabella corre o mais rápido possível, a respiração esbaforida, mas sua determinação a impede de parar. Eventualmente, ela diminui o ritmo, apoiando as mãos nos joelhos enquanto tenta recuperar o fôlego. Uma sensação incômoda de estar sendo observada toma conta dela, que olha para trás para ver se está sendo seguida, mas tudo o que encontra é a escuridão opressora da floresta.

Troveja cada vez mais alto, e uma chuva fina volta a cair. Isabella endireita a postura, lançando um olhar cauteloso pelo caminho antes de retomar a sua corrida.

De repente, ela ouve o som de galhos quebrando vindo de trás e, ao se virar, seus olhos se arregalam de terror ao ver as mulheres nuas e criaturas sombrias com olhos vermelhos brilhantes à espreita nas sombras, figuras demoníacas observando cada um de seus movimentos. Sentindo palpitações no peito, ela dá um passo hesitante para trás antes de sair em disparada, correndo mais rápido do que nunca.

***

Daniel olha pela janela enquanto Michael, sentado no sofá da sala, cuida do ferimento no braço, resistindo à dor. Vestígios de sangue marcam o caminho por onde ele passou.

"Na verdade, não está tão ruim quanto eu pensei", diz Michael, aliviado, enquanto fixa o curativo ao redor do braço. Ele se levanta e faz um gesto urgente para Daniel. "Vem, Daniel, rápido. Precisamos escrever um e-mail para a polícia e depois encontrar Isabella e Lily." Com isso, Michael rapidamente o conduz até seu quarto.

Chegando ao quarto de Michael, ele imediatamente liga o computador. A chuva bate forte contra a janela, borrando a visão do lado de fora. Daniel encosta a testa no vidro gelado, tentando enxergar qualquer sinal de Isabella ou da bebê.

Enquanto seus dedos se movem rapidamente digitando o e-mail para a delegacia, ele murmura para si mesmo. "Espero que eles verifiquem a caixa de entrada a cada minuto...".

***

Os sons das criaturas demoníacas e os gritos das mulheres ecoam logo atrás de Isabella. Ela sente uma dor aguda ao ser arranhada em uma das pernas e grita de dor, mas não reduz o passo. Logo, outro golpe corta a outra perna, fazendo-a tropeçar, mas rapidamente recupera o equilíbrio e continua correndo. A garoa que cai parece cortar o seu rosto, como pequenas lanças afiadas, enquanto ela foge.

Olhando rapidamente para baixo enquanto foge, Isabella vê mãos com garras longas emergindo da escuridão tentando agarrá-la. Com um grito de repulsa que ecoa pela floresta, ela se esforça para correr ainda mais rápido, movida pelo medo.

***

De repente, Daniel e Michael levantam a cabeça ao ouvir um grito distante.

"Acho que foi a Isabella", diz Daniel, seus olhos arregalados de terror.

Sem hesitar, Michael termina o e-mail, clica em "enviar", e rapidamente se levanta e sai correndo do quarto, com Daniel logo atrás. Eles saem de casa às pressas em direção à floresta.

***

Isabella sai da floresta ofegante, e só o ato de respirar já provoca uma dor aguda em seu peito. Ao avistar a casa à distância, seus olhos também captam a visão do carro na entrada da garagem, na mesma posição em que o vira anteriormente. Naquele momento, uma sensação angustiante toma conta dela ao se perguntar o que aconteceu com Michael e Daniel. Ela cria coragem, olha para trás para verificar se ainda está sendo seguida, mas não há mais nada atrás dela. Com a sensação de que está sozinha, diminui o ritmo para recuperar o fôlego. Mas, ao se aproximar do carro, seu alívio se transforma em desespero ao notar que todos os pneus estão rasgados.

Isabella entra correndo na casa. Lá dentro, ela imediatamente percebe um rastro de sangue que se estende até a sala de estar e vê um kit de primeiros socorros espalhado pelo chão, o que é um sinal claro de que Michael e Daniel estiveram lá.

"DANIEL! MICHAEL!", ela grita desesperadamente, e sua voz ecoa pela casa vasta e vazia, mas seu chamado permanece sem resposta.

Tremendo sob o efeito da adrenalina e do frio, ela sente a dor aguda e ardente em sua mão se intensificar. Ao olhar para baixo, ela nota os cortes profundos e irregulares em suas pernas, alguns tão fundos que expõem a carne viva. Enquanto corria freneticamente, ela não havia percebido a gravidade de seus ferimentos. Agora, com a adrenalina começando a se dissipar, as fisgadas latejantes e a realidade de suas lesões a atingem com força.

Mancando e deixando uma trilha de sangue por onde passa, ela sobe a imponente escadaria da casa, para por um momento diante do enorme retrato de família no topo, Martin, Emily, Daniel e a pequena Lily, cujos olhos atentos sempre parecem seguir cada um de seus movimentos. Determinada em sua busca, ela encontra coragem e caminha com passos decididos em direção ao antigo quarto dos bebês, onde acredita que o totem está escondido.

Após forçar a porta do quarto, Isabella entra e vai direto para o altar de Emily. O cheiro horrível ainda paira no cômodo pequeno. Tomada por puro desespero, ela começa a mover e empurrar os objetos, procurando freneticamente pelo totem. Para confirmar exatamente o que está procurando, ela olha para a ilustração grotesca no livro satânico na qual a sua foto estava no meio: uma figura bizarra que lembra a cabeça de um gato, feita com tiras e gravetos dispostos na forma de uma estrela.

À medida que a busca de Isabella se torna mais aflita, suas forças se esvaem com a perda de sangue. Apesar de todo o seu esforço, ela não encontra nada. A exaustão e a sensação de derrota a dominam, e lágrimas silenciosas começam a rolar por seu rosto.

Tomada por um pesado sentimento de derrota, ela

se dirige ao seu próprio quarto com movimentos lentos e olhos que refletem um profundo vazio de desespero. Sentando-se em frente ao computador, ela faz uma chamada de vídeo para a irmã. Quando Ana atende, a luz da tela ilumina e destaca ainda mais a palidez do rosto de Isabella.

"Isa, meu Deus! Tenho tentado falar contigo há um tempão. Estamos preocupadas contigo ." A voz aflita de Ana pode ser ouvida, embora a ligação comece a ser interrompida. "Isso é sangue no seu rosto? MÃE?!" Alarmada com as marcas no rosto da irmã, a voz de Ana fica mais aguda. Isabela não responde. A mãe se senta ao seu lado, aparecendo na tela.

"Isa! Pelo amor de Deus, o que está acontecendo?", sua mãe indaga, tensa.

Com lágrimas escorrendo pelo rosto, Isabella fala com uma calma resignação. "Eu só quero dizer que eu te perdoo, mãe. Por tudo. Tu tava certa sobre o mal no mundo... Sinto muito por não ter te escutado." Ela faz uma pausa, com a voz embargada pela emoção. "Se não nos vermos de novo, eu só quero que saibam que eu amo vocês."

Sem esperar por uma resposta, Isabella encerra a ligação, eliminando qualquer chance de resposta da irmã ou da mãe, deixando-as apenas com suas últimas e dolorosas palavras.

Quase em transe, ela encara a tela escura do computador. Uma mosca voa perto do seu rosto, irritando-a à medida que sua paciência se esgota. Ao espantar o inseto, ela percebe outra mosca voando perto dos pés de sua cama. Curiosa, se aproxima e é atingida por um cheiro ainda mais forte e horrível do que antes, que agora soa familiar — o mesmo do altar de Emily.

Isabella então espia debaixo da cama e vê que a mancha de sangue do corvo morto permanece intacta. Ela também percebe que uma parte do piso de madeira sob o carpete parece irregular. Reunindo toda a força que ainda lhe resta, ela move a cama pesada e levanta a tábua do chão. O cheiro insuportável se intensifica.

Sob a tábua, ela encontra uma caixa de sapatos. Com as mãos trêmulas, ela a segura firmemente, abre a tampa e, horrorizada, deixa o conteúdo dela cair no chão. É um totem formado pela cabeça de um gato posicionada no centro de uma estrela feita de pedaços de madeira e tiras de couro. A pele do animal está quase totalmente decomposta, revelando os ossos do crânio.

A constatação de um fato assombroso a deixa paralisada. Em choque, Isabella reconhece que o gato em questão é Luna, a gatinha de Daniel, desaparecida há dias. Horrorizada com seu destino macabro em um ritual satânico, ela tenta processar o pesadelo real do qual passou a fazer parte.

Ao ouvir um barulho no andar de baixo, Isabella se recompõe, pegando cuidadosamente a caixa com o totem enquanto tenta conter a ânsia de vômito. Levando consigo o objeto perturbador, ela sai do quarto em silêncio para verificar se os sons foram feitos por Michael e Daniel.

***

Mancando de tanta dor, ela caminha cuidadosamente pelos longos corredores, segurando a caixa junto ao corpo. Ao se aproximar do grande retrato da família, ela repara que ele está balançando, como se alguém o tivesse empurrado com força. Seus olhos se movem rapidamente, examinando os arredores, pois ela sabe que algo — ou alguém — está à espreita na

escuridão, mas não consegue ver nada.

Ela faz uma pausa no topo da escada e encara o retrato ainda balançando, sua superfície roçando na madeira com um arranhão alto. Ela sente que há algo diferente, mas não sabe dizer o quê.

Alguém começa a falar no andar de baixo.

"Você estava errada...", a voz ecoa sinistramente pela casa silenciosa.

Isabella se vira e vê Agatha parada no final da escada, com a boca, o vestido e os braços cobertos do que parece ser sangue fresco. Ela sente seu estômago se contorcer enquanto observa tal visão repugnante.

"Como assim?" Isabella pergunta, com a voz carregada de medo e confusão.

"Quando você disse que demônios não aparecem do nada, que precisam possuir alguém para andar pela Terra… **Você. Estava. Errada**…" a voz de Agatha é afiada, carregada de sarcasmo, enquanto ela começa a subir lentamente os degraus. As luzes acima começam a piscar.

"Agatha, onde está a Lily? Isabella pergunta, com a voz trêmula, enquanto seu coração dispara com o medo que se intensifica. Ela ouve o retrato atrás dela parando de se mover e, ao virar a cabeça, um grito alto escapa ao ver a bebê Lily desaparecer lentamente da imagem do quadro.

A voz de Agatha corta o ar mais uma vez. "A Emily não comeu os próprios filhos... **Fui eu**…"

Isabella volta a encará-la, apenas para ver os primeiros sinais de que aquela coisa diante dela não era mais humana. O que antes era uma bela mão começa a se transformar em dedos longos e grossos com garras afiadas que cravam no lado esquerdo do próprio rosto, arrancando pedaços da carne que a

revestia. Um sangue escuro e espesso pinga no chão enquanto Agatha mastiga a própria pele. Sob a luz intermitente, enquanto sobe lentamente os degraus, Agatha se transforma em um demônio horrendo, com a pele semelhante a terra queimada e rachada, e veias que brilham em vermelho incandescente por baixo. Os olhos oscilam entre o amarelo e um vermelho sanguíneo. Da boca larga, cheia de dentes escuros e irregulares, escorre sangue fresco.

Quando o demônio está prestes a alcançar o topo da escada, a poucos centímetros de Isabella, as luzes se apagam.

***

Isabella se vê em um completo vazio, engolida por uma escuridão absoluta, sem um único som ou traço de luz. Ela se pergunta se está morta, se aquele é o mesmo lugar que o irmão de Daniel falou. Então, ao longe, um miado suave rompe o silêncio. Ela olha ao redor, encontrando apenas mais escuridão. Seguindo o som, ela avista um pequeno feixe de luz. No meio da escuridão, sua gatinha a espera com empolgação. Um sorriso de descrença se forma em seu rosto enquanto ela corre para se sentar no chão. A gatinha pula em seu colo, e naquele instante, Isabella tem certeza de que deve estar morta. Ainda assim, a presença de seu bichinho, aquecendo seu coração, suaviza o peso do medo.

Uma voz distorcida e demoníaca rompe o momento de paz. **"Você pode ter tudo o que quiser..."**. A gatinha de Isabella chia, encarando a ameaça invisível. **"Basta se juntar a mim."** Ao dizer isso, a figura demoníaca estende uma mão repulsiva das sombras em direção a Isabella que, embora não queira acreditar no que está acontecendo, deixa-se guiar por

um impulso de resistência gritando. "Nunca!" O demônio ri alto e retira a mão de volta para a escuridão.

A voz demoníaca ecoa com uma certeza aterradora. **"Você não tem escolha... ela vendeu sua alma para mim."**

Isabella se vira abruptamente, seus olhos percorrem a escuridão sufocante ao seu redor. "Mas eu não aceitei isso. Eu nem sabia desse pacto", argumenta, a voz trêmula, tentando soar confiante.

A risada do demônio ecoa, ficando mais alta. **"E ainda assim, você aceitou quando eu te dei tudo o que desejava. Não reclamou, reclamou? Você acha mesmo que o Michael gosta de você?"** A voz, agora assustadoramente próxima, parece se mover atrás dela. **"FUI. EU. O TEMPO. TODO."** O hálito da criatura roça seu pescoço, fazendo um arrepio percorrer todo o seu corpo, mas ela permanece firme.

Isabella continua confrontando a entidade. "Bom, isso é impossível. Eu sei uma ou duas coisas sobre isso ", diz, com confiança forçada. Por dentro, nem ela sabe ao certo qual é o seu plano, *estaria mesmo tentando enganar um demônio?*

"Ah é? Foi a sua mãezinha santa que te ensinou isso? Pois talvez você fique feliz em saber que a Emily não foi a primeira a tentar vender sua alma em troca de um favor..." a voz estridente paira no ar. Isabella luta para não absorver aquelas palavras. **"Aquela lembrança que você tem da sua mãe gritando pra te salvar daquela água envenenada... é uma mentira."** A risada do demônio ecoa, cruel. **"Aquela água era pra você. Não foi acidente. Ela tentou vender a alma inocente da própria filha em troca da cura do amante dela: seu pai. Quando ele descobriu, ficou furioso e quis matá-la. Então**

ela distorceu a história, e no dia seguinte ele virou o vilão. Você acha que ele está vivendo a melhor vida com outra família?"** A risada se torna ainda mais sombria. **"Na verdade, ele está apodrecendo na cadeia, provavelmente nem lembra mais o próprio nome, quem dirá o seu."**

"MENTIROSO!", Isabella grita, enquanto lágrimas escorrem pelo seu rosto.

A gatinha se aconchega em seu colo, soltando miados lastimosos. Segurando-a nos braços, Isabella se levanta, enquanto o silêncio do demônio domina o ambiente de forma sinistra. Ela tenta explorar a escuridão ao seu redor, procurando desesperadamente por algo, qualquer coisa, além do vazio. De repente, uma porta se materializa à distância. Prendendo a respiração e reunindo todas as forças que lhe restam, Isabella decide caminhar em sua direção. Embora não consiga enxergar o caminho à sua frente, ela se mantém firme em linha reta.

Ela alcança a porta, que tem uma semelhança inquietante com a de seu próprio quarto. Hesitante, ela toca a maçaneta e a empurra. Para sua surpresa, a porta revela seu quarto, mas de uma maneira estranhamente invertida, a porta está suspensa no teto. Confusa, Isabella se pergunta como poderia pular para baixo sem agravar ainda mais seus ferimentos.

Considerando passar sua gatinha para o quarto primeiro, para que ela possa cair com segurança na cama abaixo, ela hesita quando o animal começa a miar, revelando o que parece ser uma dor insuportável.

"Ela não pode ir...", ecoa a voz das sombras atrás dela, agora com um tom menos demoníaco. Isabella se vira, mas não consegue ver ninguém. **"Mas, ela poderá, se você se juntar a mim"**, continua o demônio, estendendo a mão

mais uma vez, agora com aparência humana e menos assustadora. A gatinha mia, e Isabella sente seu ronronar contra os braços. **"Foi tão injusto como ela foi tirada de você... Mas pode tê-la de volta, e tudo o que sempre desejou em sua vida...".**

A tentação se infiltra na mente de Isabella enquanto ela encara os olhos inocentes de sua gatinha. A oferta a envolve, sedutora, tentando dominá-la ao tocar fundo em seu coração e agitar as profundezas de seus desejos com uma mistura de promessa e perigo.

Isabella, olhando fundo nos olhos da gatinha, começa a sentir um incômodo estranho. Ela queria muito que fosse verdade... mas sabia, lá no fundo, que aquela não era Luz.

Assim que essa consciência a atinge, a suposta gatinha em seus braços começa a se transformar numa criatura horrenda. Seu corpo se alonga em meio a estalos perturbadores. O pelo recua, revelando uma pele acinzentada e translúcida, cruzada por veias escuras e pulsantes. Os olhos se tornam enormes, brilhando em vermelho maligno, enquanto a boca se abre grotescamente, exibindo fileiras de dentes afiados e pingando saliva. Os miados suaves se transformam em rosnados graves e ameaçadores.

Assustada, Isabella arremessa a criatura na escuridão e tropeça para trás, caindo direto no chão do seu quarto. Ao se recompor, olha para cima — onde antes estava a porta por onde caiu — mas agora só vê o teto de sempre. Nada mais.

Percebendo que talvez não saia viva daquela casa, ela examina o ambiente à sua volta, mas não encontra o totem. A dúvida começa a se infiltrar, *será que destruí-lo mesmo quebraria a ligação com o demônio?* Sem saber ao certo onde ele está, ela corre até o banheiro e pega o isqueiro que usou para queimar seu diário. "Vou destruir esse maldito totem, e não me importo se vou morrer ou não. Você não vai vencer", ela grita, com os olhos cheios de fúria. Movida por uma determinação ardente, ela põe fogo nas cortinas e em tudo o que puder pegar fogo com facilidade, decidida a não deixar o demônio sair vitorioso.

Isabella percorre a casa inteira, pondo fogo em tudo que encontra. As labaredas se espalham rapidamente, ganhando intensidade e devorando o que está ao redor. Logo, ela se vê cercada pelo calor sufocante e por uma densa cortina de fumaça, a visão fica turva e os pulmões ardem com os gases mortais. Sob o crepitar do incêndio, ela ouve o barulho das sirenes, cujo som se torna mais alto à medida que se aproximam da casa.

Ela não ouve o demônio. Não vê nenhuma criatura.

De pé, bem no meio do caos, começa a duvidar de tudo que viveu. *Teria sido tudo imaginação? Será que estava mesmo enlouquecendo como o pai, incendiando uma casa sem motivo algum?* Seus olhos vazios encaram as chamas, que se refletem em seu olhar perdido.

***

Carros de polícia, ambulâncias e caminhões de bombeiros tomam a rua, fazendo com que pareça um campo de batalha. Michael e Daniel permanecem imóveis do lado de fora, com os rostos iluminados pelo brilho intenso das chamas que devoram sua casa. Ao testemunhar a destruição, os olhos do menino se enchem de lágrimas. Então, em meio a tamanho alvoroço, uma voz distante o chama.

"Você tem certeza?", pergunta um dos policiais a Daniel.

"Sim, eu vi a Isabella se movendo lá dentro há apenas alguns segundos", ele afirma, voltando de um transe estranho. Sua voz mal passa de um sussurro.

Michael o encara. Sem dizer uma palavra, ele dispara em direção à casa, mas dois bombeiros o interceptam antes que ele alcance a porta.

"ISABELLA!", Michael grita do lado de fora.

***

Isabella, perdida no labirinto de seus pensamentos, ouve a voz de Michael chamando seu nome, um pequeno alívio que aquece seu coração. Quando começa a procurar uma saída daquele inferno em chamas, algo chama sua atenção em meio ao fogo. Dois olhos vermelhos e brilhantes começam a se revelar entre as labaredas.

Por um instante, Isabella sente um alívio passageiro em meio ao caos, um lembrete sombrio de que suas memórias eram reais e ela não está louca.

"Talvez eu morra essa noite, mas você nunca vai possuir minha alma!" ela grita.

Uma risada irônica ecoa através das chamas que rugem ao seu redor. **"De fato. Eu não posso reivindicar sua alma, graças a esse maldito livre-arbítrio... Culpe Deus por isso. Embora pareça que você já O culpe por bastante coisa. Não somos tão diferentes, afinal..."** a voz do demônio sussurra por entre todas as sombras.

Isabella estremece quando uma dor aguda percorre a marca do crucifixo queimado em sua mão.

"Essa marca é o sinal de que você já corrompeu sua alma inocente com os seus atos recentes," a voz

murmura, distorcida.

"Isso não é justo... Eu fui enganada. Você me manipulou!" Isabella diz, com a voz fraca e cheia de dor.

A risada cruel da criatura ecoa. **"E desde quando o demônio joga limpo?"**

Enquanto a fumaça sufoca os pulmões de Isabella, sua visão embaça, o corpo fraqueja. Perto dos restos carbonizados da escada, ela vê o totem quase ao alcance, a poucos centímetros de sua mão trêmula.

O demônio percebe sua intenção. **"O totem pode me banir de volta para o inferno, é verdade, mas você está morrendo, seus pulmões já estão tomados pela fumaça. Assim que morrer, devorarei seu corpo, sua alma e tudo o que te compõe..."**, a voz continua, impiedosa, soando em seus ouvidos.

Isabella força cada músculo, rastejando na direção do totem.

"...Inclusive a alma do seu filho que você carrega na barriga", provoca a criatura.

Isabella paralisa no mesmo instante que ouve as palavras..

"Você está disposta a deixar a alma do seu filho desaparecer nas sombras do inferno, esquecida e perdida para sempre? Aquela pequena história que contei é verdadeira, quando o demônio devora uma alma, é como se ela nunca tivesse existido e jamais existirá", disse a voz da criatura.

As lágrimas escorrem pelo rosto de Isabella. "Você mente", ela sussurra, agarrando-se a uma fagulha de esperança contra o desespero que a consome.

"A escolha é sua. Você está pronta para arriscar

a alma inocente do seu filho em vez de viver o sonho de uma vida feliz com Michael, Daniel e o seu novo bebê?" O demônio insiste, e o grito de dor e agonia de Isabella atravessa o ar.

"**Basta assinar seu nome...**" A voz se desfez em um sussurro sedutor, enquanto a escuridão toma conta de sua visão.

***

A chuva começa a cair com força, ajudando os bombeiros a ganhar vantagem sobre as chamas furiosas que devoram a casa. Com o fogo sob controle, eles finalmente conseguem entrar no imóvel.

À distância, Michael e Daniel observam, impedidos de se aproximar. Os olhos quase não piscam enquanto se agarram à esperança. Michael vê uma maca sendo carregada para fora pelos bombeiros. Desesperado, ele implora ao policial que bloqueia seu caminho, a visão está turva pela angústia. O agente cede e o deixa passar. Michael corre em direção à maca e vê o corpo de Isabella deitado ali. Seu coração afunda num silêncio de dor.

CAPÍTULO

12

Escuridão. Um vazio.

Isabella abre os olhos devagar, ainda confusa, tentando entender onde está. Ao olhar ao redor, percebe que está em um hospital. Michael, que cochilava ao seu lado, nota o movimento leve de suas pálpebras e imediatamente se levanta e caminha até ela. Com delicadeza, ele acaricia seu rosto e afasta uma mecha do cabelo dela, sussurrando. "Estou aqui... Que bom que você acordou."

"Onde está o Daniel?", ela pergunta, com a voz fraca e confusa.

"Acabou de ir ao banheiro. Ele mal sai do seu lado", Michael responde com um sorriso.

"E onde está a Lily?", replica ela, com a voz quase inaudível.

Michael franze a testa, confuso. "Lily...? Quem é Lily?"

Os olhos de Isabella se arregalam quando as lembranças começam a correr em sua mente tão rápido quanto o batimento acelerado do seu coração. Michael se inclina levemente e baixa a voz. "Fomos atacados por membros de um culto... e, ao que tudo indica, Emily era um deles, assim como o oficial Ro—".

Mas, antes que possa terminar, a porta do quarto se abre e Daniel entra apressado, seguido de perto pelo médico. Ao ver Isabella acordada, o menino corre animado em sua direção.

"Bel! Você acordou! Eles me disseram que eu poderia ser o primeiro a contar para você!"

Michael o encara, mas antes que possa interromper, Daniel exclama, incapaz de conter a empolgação, "Eu vou ser tio!"

Isabella pisca algumas vezes e olha para todos ao seu redor, confusa.

O médico, que estava conferindo seus sinais vitais, para e confirma, "Sim, você está grávida! E é um verdadeiro milagre você ter sobrevivido com apenas algumas queimaduras leves. Vou deixá-los a sós por um tempo. Depois volto para ver como você está." Com um aceno cordial, ele se retira, fechando a porta.

Michael sorri, ainda um pouco sem jeito, como se não

soubesse o que esperar da reação de Isabella. "Nós vamos ser pais."

O choque dela se transforma em um sorriso tímido e, com a ajuda dele, se ergue lentamente para se sentar. Ambos tocam sua barriga e se abraçam com carinho, dando um beijo.

Isabella se vira para Daniel, pronta para abraçá-lo, mas ao tocar na mão queimada dela, ele recua abruptamente como se tivesse encostado em algo profano. Seu rosto se esvazia em desespero, e ele não diz uma palavra.

"Daniel, está tudo bem?", Michael pergunta.

Isabella gira o corpo para olhar para Michael e, logo atrás dele, em uma janela grande, ela vê o reflexo de Daniel lado a lado com seu irmão gêmeo. Num movimento rápido, ela olha de volta para Daniel, que está em pé sozinho, encarando-a em choque.

Ele sai correndo do quarto e Michael corre atrás dele, deixando Isabella sozinha.

Ela solta um suspiro de dor ao olhar para a queimadura em sua mão. Entre o sangue e as marcas em carne viva, vê seu *nome* ali, gravado por cima do símbolo desbotado do *crucifixo*.

***

SOBRE A AUTORA

Deborah Liss é atriz e escritora, nascida no Brasil e residente em Los Angeles, Califórnia, desde 2015. Estudou Teatro na Universidade FURB em Blumenau, e desde a infância sonhava em conquistar Hollywood. Sua estreia nos Estados Unidos aconteceu em 2019, no filme "Brothers Grimm Sisters Wild".

Em 2020, Deborah cursou o Programa de Escritores da UCLA, e seu longametragem "Catharsis" marca sua estreia como roteirista, onde também atua como protagonista. Ela também participou de produções como a série "Death By Fame", lançada em 2024.

Enquanto aguardava a finalização da pós-produção de seu primeiro longa, escreveu e co-produziu o premiado curta de terror The Baby Seeker, vencedor de diversos prêmios em festivais internacionais. O sucesso do filme a inspirou a expandir a história e transformá-la em um livro de ficção, publicado pela WeBook em agosto de 2024.

WWW.DEBORAHLISS.COM
@deborahliss